L'AMOUR EN SUSPENSION...

NATYCA WOOD

De SMS en SMS, c'est vers toi que je suis allée...

Fabien et Virginie...

ELLE : *45 ans, mais fait plus jeune que son âge. Elle est mince et pulpeuse. Ses cheveux sont longs et châtains, ses yeux verts. Elle a des tâches de rousseur sur le visage. Elle est divorcée. Elle habite à Neuilly-sur-Seine. C'est une artiste. Depuis que son fils est parti vivre de son côté, elle partage son appartement avec un colocataire gay, avec qui elle s'entend bien.*
Elle espère vivre une nouvelle histoire d'amour.

LUI : *va avoir 40 ans. Il est mince, ses cheveux sont bruns, coupés très courts. Il porte une barbe de quelques jours. Ses yeux sont bleus. Il a déménagé à Toulouse il y a 10 mois. Il est divorcé et a une fille de 9 ans : Solène, qui habite avec sa maman dans le sud de Paris. Il est seul depuis un mois. Sa dernière petite amie a rompu avec lui. Il est remonté sur Paris pour faire le point.*

JOUR 1 : Paris, troisième jour de l'été.
14:13

ELLE : Bonjour Fabien, je vous contacte de la part de Julie. Je suis auteure et je viens d'écrire le scénario d'un film. Je ne connais aucun producteur. Pourriez-vous m'aider svp ? Merci d'avance pour votre réponse. Cordialement. Virginie.

1er sms envoyé...

JOUR 2
15 :20

LUI : Bonjour Virginie. Pourriez-vous me préciser de quelle Julie vous parlez ?
Plusieurs me viennent à l'esprit. A bientôt.

ELLE : Et bien, je ne me souviens plus de son nom de famille. Je l'ai rencontrée dans une soirée, nous avons sympathisé et je lui ai parlé de mon projet de film. Au moment de nous quitter, elle m'a donné vos coordonnées.

LUI : Et vous êtes dans quel coin ?

ELLE : A Paris.

LUI : Je suis désormais à Toulouse. Et je vous avoue que je n'ai plus trop de contacts avec mes prods parisiennes. Cependant, je me permets de garder votre contact au cas où celles-ci se représenteraient. :)

ELLE : D'accord. Merci. :)

LUI : On peut rester connectés via Facebook si vous voulez ?

ELLE : Oui.

ELLE : Il y a plusieurs profils à votre nom. C'est vous qui aimez le Dalaï-lama Lama ?

LUI : Oui c'est moi. Je suis dans une démarche spirituelle qui me fait découvrir énormément de choses, notamment sur moi. ;). FB done ;) (Ndt : facebook fait)

ELLE : Bravo pour votre démarche. C'est super de vouloir s'améliorer et de se remettre en question.

LUI : C'est ce qui fait avancer, non ?

LUI : On peut se tutoyer ? Tu me disais que tu avais écrit un film ?

ELLE : Oui ! En fait je viens d'écrire mon premier film. Sinon j'écris des histoires pour enfants.

LUI : Aux vues de tes photos j'ai l'impression que nous nous sommes déjà rencontrés. Bizarre comme impression.

ELLE : Peut-être parce que j'ai eu une petite carrière de comédienne ? Mais j'ai arrêté pour me consacrer à l'écriture. Je ne prenais plus de plaisir à jouer.

LUI : Et de quoi parle ton film ?

ELLE : De complot international...c'est un thriller.

LUI : Ah oui. Tu t'intéresses à ce genre d'histoires ?

ELLE : Oui mais pas que. Et toi quelle philosophie t'intéresse ?

LUI : Ma philosophie : apprendre, apprendre, apprendre. Découvrir, me connaître, distribuer de l'énergie et de bonnes vibrations.
Et en ce moment le lâcher prise et comment faire le deuil d'un être cher...car séparation douloureuse...la vie nous dirige dans nos recherches et curiosités. ;)

ELLE : Les pages se tournent et le livre de la vie est infini. Et les rencontres aussi .

LUI : Je suis à Paris pour quelques jours. Je repars vendredi en début d'après-midi. Rencontrons-nous autour d'un café ? Jeudi matin ?

ELLE : « Un être meurt, un enfant naît ».

LUI : Dis donc, fais gaffe !...
je vais te demander des droits d'auteur si tu continues à piquer mes post sur FB.

ELLE : Lol. Prends les miens. Échange de bons procédés. Je suis une voleuse d'images...;)

ELLE : D'ac pour Jeudi.

LUI : C'est marrant, on ne se connaît pas, mais j'ai l'impression qu'on a plein de choses à partager !

ELLE : Qui sait ?

LUI : C'est cool ! Je te laisse...je vais récupérer ma fille à l'école. A toute

ELLE : Alors bon goûter. :)

17 :30

LUI : Tu as des enfants Virginie ? Rhooooo. Ça y est, je dévie...:)

ELLE : Oui un fils. Il vient d'avoir 20 ans.

LUI : 20 ans ! Tu l'as eu jeune alors.

ELLE : Pas tant que ça. Ta fille est mignonne sur les photos.

LUI : Oui, tout son père. Haha

ELLE : Quel âge a-t-elle ?

LUI : 9 ans... suis jeune moi.

ELLE : Moi aussi. L'âge n'a plus une grande importance à notre époque, on vit tellement plus longtemps qu'avant. :)

LUI : Dans la tête tout ça....dans la tête....mais aussi un peu dans les artères

ELLE : Viens courir avec moi pour que je puisse voir. Ta fille vit à Paris et toi à Toulouse ?

LUI : Oui ça fait 10 mois maintenant que je suis à Toulouse mais je vais peut-être revenir, je galère trop là bas. Pas assez de relationnel. Je courrai quand j'aurai réussi à arrêter de fumer. Tu as l'air sportive : Pilate et tutti quanti ?

ELLE : J'aimerais bien pour le Pilate mais j'ai besoin d'efficacité tout de suite. Ces derniers temps j'ai compensé un certain manque...

LUI : Genre ?

ELLE : Heu...

LUI : OK. Désolé. On va vraiment s'entendre alors haha ! J'ai hâte de te rencontrer. ;)

ELLE : Moi aussi :)

LUI : Elle est marrante la vie et extraordinaire. Un être s'en va et un autre arrive.

ELLE : J'aime rencontrer de nouvelles personnes.

LUI : Te entiendo (*je te comprends*)

ELLE : Tu parles espagnol ?

LUI : Non pas vraiment je parle plutôt l' Esperanto ;)

ELLE : Même si je ne sais pas ce que c'est, ça a l'air joli comme langue.
Ça vient de "esparar", espoir ou attente ?

LUI : Ce sont des mots de toutes les langues confondues...ceux que je connais en fait.
Oui c'est ça. Mais, attente : pas bien, espoir : c'est mieux:)

ELLE : Comment s'appelle l'être partie ?

LUI : La connasse....pourquoi ?

ELLE : Hou, elle a dû te faire souffrir...Je te dirai...

LUI : Oui. Alors dis-moi ?

ELLE :....

LUI : Pourquoi veux-tu savoir ?

ELLE : Comme ça.

LUI : ?

ELLE : La fille qui m'a donné ton contact, en fait elle m'en a donné plusieurs. Et elle m'a dit de ne pas dire son nom de famille, car c'était encore chaud avec l'un d'entre eux...alors je me demandais si c'était toi le fameux gars.

LUI : Non c'est pas Julie. D'ailleurs tu m’as toujours pas dit de quelle Julie il s'agissait.
Que fait-elle dans la vie ?

ELLE : Elle est première assistante réal pour la TV.

LUI : Ah cette Julie! Et ben ça fait un bail que je ne l'ai pas revue. On a travaillé ensemble sur un tournage. Comme quoi je marque. Hi hi

ELLE : Prétentieux!

LUI : si peu. J'ai sûrement plein de défauts, mais je pense pas avoir celui là.

ELLE : :)

LUI : Moi j'ai un pète au casque et on est nombreux dans ma tête mais j'assume.

ELLE : Comme beaucoup de gens aujourd'hui. Et si tes démons t'empoisonnent, tu n'as qu'à leur montrer qui est le chef.

LUI : Et toi en tant qu'auteure ça doit être pire encore.

ELLE : Pourquoi ?

LUI : Tu dois avoir une grande imagination.

ELLE : Ah ça oui. Et parfois il m'arrive de croire à ce que j'écris. Du genre, faites gaffe les mecs on est gouvernés par des gens venus d'une autre galaxie.

LUI : Ah merde, c'est bien ce que je dis.

ELLE : J'ai plein d'histoires de ce genre là.

LUI : Ça me va. J'ai un petit côté David Vincent.

ELLE : Oh quelle référence ! Je ne suis donc guère plus vieille que toi. Mais c'est vrai, tu lui ressembles un peu.

LUI : Oui, et j'ai quelques séquelles car j'ai été enlevé.

ELLE : Je vois ! Tu es autant barré que moi ! LOL

LUI : Même pas peur

ELLE : Tu devrais...on devrait...

LUI : J'ai tendance à donner ma confiance d'entrée

ELLE : Moi aussi. Mais je reste quand même sur mes gardes.

LUI : Et je peux te trouver sur ebay ?

ELLE : Si tu parles de mes histoires, non. Et moi non plus, suis pas à vendre.

LUI : Lol. En tout cas je te remercie déjà car tu m'as fait penser à autre chose qu'à qui tu sais.
Merci ;)

ELLE : Tu m'en vois ravie.
Souris car la vie est belle et pleine de surprises. Et souvent quand on ne s'y attend pas.

LUI : Oui tu as raison.

ELLE : J'ai lu un livre qui m'a fait beaucoup de bien. Il s'agit du « SECRET ».
Je te le conseille dans ta démarche spirituelle.

LUI : Rhonda Byrne !

ELLE : Évidemment tu connais ;)

LUI : Oui. Et après tu dois lire le « POUVOIR » et les deux autres qui suivent.

ELLE : Je croyais qu'il n'y en avait que deux. On dirait qu'on a les mêmes centres d'intérêts.

LUI : Je lis beaucoup de choses sur l'esprit et son pouvoir.

ELLE : Moi aussi. Et je retiens surtout que nous façonnons notre vie, qu'il n'y a pas de hasard et que tout est possible à qui s'en donne les moyens.

LUI : Bien sûr que tout est possible. Cet échange est improbable et pourtant...Je suis très impatient de te rencontrer

ELLE : :)

LUI : J'ai l'impression que le café va nous paraître trop court.

ELLE : Tu crois;)
Dans quel quartier es-tu ?

LUI : Je ne suis pas à Paris. Je suis chez mes parents à Fontenay

ELLE : A l'exact opposé de chez moi

LUI : La distance ne m'arrêtera jamais. Il suffit de suivre le lien.

ELLE : Le lien...

LUI : :)

ELLE : Je voyage pas mal. Normalement, je dois partir pour quelques mois à Nice.

LUI : Mais non...Heureusement que tu as dit normalement

ELLE : Oui tout peut changer. C'est pour un travail.

LUI : Tu me trouves le même et je viens avec toi. C'est pour quoi faire ?

ELLE : Hôtesse d'accueil dans un SPA.

LUI : Heu...je suis moins bien en jupette. Sympa comme job.

ELLE : Tu cherches du travail ? Je croyais que tu travaillais dans la TV.

LUI : Plus depuis que je suis à Toulouse. Je travaille à droite à gauche en free-lance. Partout où l'on veut de moi. Je réagis aux opportunités, aussi bien dans l'immobilier que dans la déco. Mais idéalement j'aimerais peindre. Au fond je suis un artiste.

ELLE : Tu peins ?

LUI : Oui. Cela reste une passion.

ELLE : Il faudra que tu me montres tes tableaux.

LUI : Pour cela il faudrait que tu descendes à Toulouse.

ELLE : As-tu des photos de tes œuvres sur ta page FB ?

LUI : Non. Pas encore.
Alors on dit Jeudi, 7h30 près de chez toi ?

ELLE : 7h30 ! Mais je dors à cette heure là. Pourquoi si tôt ?

LUI : Je te taquine bien sûr...

ELLE : Ah. L'ironie par sms c'est pas facile à voir...

LUI : Même en live des fois

ELLE : Disons alors 9h30. Je dois te laisser mon téléphone sonne.

LUI : D'ac. A plus tard. :)

22 :30

ELLE : Lol, ton téléphone m'a appelée

LUI : Oups. Désolé. Mauvaise manip.

ELLE : :(J'ai cru que tu cherchais à me joindre, que tu voulais entendre ma voix, si envoûtante. C'est de l'ironie bien sûr.

LUI : Faut pas que je sois envoûté avant jeudi.

ELLE : Oui... ou pas.

LUI : Who knows ? (*Qui sait*)

ELLE : Au fait, je ne pars plus.

LUI : Oh fuck.

ELLE : Non pas fuck. C'est moi qui l'ai décidé. C'était trop mal payé.

LUI : Tu cherches dans quoi ?

ELLE : Je ne sais pas vraiment. J'en ai marre de l'intérim...je crois que je ne suis plus motivée. Je veux simplement écrire et vendre mes histoires.

LUI : Y a plus qu'à ! Tu ne connais personne dans ce milieu de requins ?

ELLE : Non. Je nage.

LUI : Suis impatient de lire ce que tu écris. J'ai été lire tes poèmes sur ta page. J'aime bien, du coup je ne te ferai pas lire les miens.

ELLE : Pourquoi ? :(

LUI : Trop basique. Pas de calcul et d'alexandrins. Juste des cris du cœur que je balance comme ça.

ELLE : C'est ça qui est beau : les cris du cœur. L'art c'est avant tout communiquer des sentiments, faire ressentir des émotions, pas un style. Ne te déprécie jamais stp.

LUI : Je sais et j'y travaille.

ELLE : Aies confiance en toi.

LUI : Oui, mais ce qui me parle à moi ne parlera peut-être pas à quelqu'un d'autre.

ELLE : Comment peux-tu le savoir, si tu ne montres pas ce que tu écris ?

LUI : C'est vrai. Mais plus trop confiance en moi. Et ma dernière histoire m'a fait beaucoup de mal à ce niveau.

ELLE : Le regard de l'autre. Son jugement. Et notre peur du rejet. Il faut arrêter cela.
Ce qui est important, c'est toi et ton regard sur toi. L'autre a ses propres angoisses, ses peurs, et qui n'ont rien à voir avec toi. On vit les ruptures comme des échecs personnels, mais parfois on n'y est vraiment pour rien.

LUI : Je sais. Anyway. Trop sensible le Fab, il faut qu'il se blinde un peu plus.

ELLE : La sensibilité c'est bien. Mais il faut savoir se protéger et observer qui on a en face de soi. Ne pas foncer la tête baissée

LUI : C'est ça. Mais suis têtu et j'aime relever les challenges. ;)

ELLE : Moi aussi j'aime ça. C'est ce qui donne du piment à la vie. Même si je me trompe, je vais aller jusqu'au bout, quitte à y laisser des plumes...

LUI : On se comprend alors.

ELLE : Il semblerait.

LUI : Donc on se voit jeudi ! Envoie-moi par mail ton scénario.

ELLE : Oui ;)

LUI : Je te souhaite de beaux rêves Vi.

ELLE : Merci. A toi aussi. A demain.

JOUR 3 :
10 :18

LUI : Hello Virginie. Je pense pouvoir lire ton scénario ce soir.

ELLE : C'est bien ça. Passe une bonne journée.

LUI : Toi aussi. Suis pas trop au top aujourd'hui. Need some good vibrations (*j'ai besoin de bonnes vibrations)*

ELLE : Oh bah kuakinya ? Le soleil arrive, regarde.
Moi quand je ne vais pas bien, soit je vais à la FNAC, soit au ciné, soit courir...mais faut pas fumer pour ça. ;)

LUI : Merci...L'ex me taraude. Du mal à faire une croix dessus et m'imaginer revenir seul dans mon appart toulousain...

ELLE : Ben fais tout ce qu'il faut pour qu'elle revienne vers toi alors. Mais une question : pourquoi revenir vers quelqu'un qui t'a fait du mal ?

LUI : Désolé de te parler de ça...on ne m'y prendra plus...

ELLE : Moi je ne reviens jamais en arrière. Qui m'aime me suive et surtout me garde. Ma dignité, mon intégrité in first place ! Mais j'peux comprendre. Courage. Bise.

LUI : Non, te sauve pas. Je ne veux pas revenir avec elle. J'avance aussi. Suis tout à fait d'accord avec toi. Mais les souvenirs sont là...et toi tu es un rayon de soleil.

LUI : Virginie ?

LUI : ?

ELLE : Bon, je veux bien t'aider à surmonter cette passe difficile, en toute amitié. Suis assez douée pour ça, écouter, consoler...si c'est ce que tu cherches.

LUI : Non, c'est pas ça. Suis désolé, j'aurais pas dû parler de ça.

ELLE : Ça ne fait rien. Le deal : je t'aide moralement et toi tu m'aides professionnellement

LUI : Pas de deal. Je vais tout faire pour t'aider. Et je vais "m'acupresser" .Vais aller mieux !

ELLE: ?

LUI : Je vais stimuler des points d'acupuncture

ELLE : Ah ! Et moi, je vais aller m' acheter de la Lavande pour ma terrasse. Les fleurs me font du bien.

LUI : Un petit bout du Sud ?

ELLE : Tout à fait.

LUI : On a vraiment des choses à se dire. Hâte de te retrouver.

ELLE : :)

20:30

LUI : Coucou Virginie ! Alors pour demain, on se retrouve où et à quelle heure?

ELLE : Où et quand tu veux :)

LUI : Fais gaffe avec ce genre de phrase. :)
Sinon moi c'est tout de suite, sur ta terrasse avec la lavande...

ELLE : Je vois... ;)

LUI : En toute amitié, bien sûr

ELLE : Évidemment ! ;)
Pour venir chez moi il faut avoir le ticket gagnant et il est rare.

LUI : Perso, je considère déjà l'avoir...
Nos échanges me font déjà tellement de bien.

ELLE : ;) A quelle heure tu peux ?

LUI : 9h30 c'est bien. Vers chez toi ?

ELLE : Plutôt Porte Maillot

LUI : Ça tombe bien, je dois aller acheter des pierres dans le quartier.

ELLE : Des pierres ?

LUI : Oui je m'intéresse aussi au pouvoir des pierres. Cela s'appelle de la lithothérapie.

ELLE : Oui je sais ce que c'est...j'avais mon ex qui s'intéressait à ça.

LUI : Ah. C'est tout bon ou tout mauvais... :(
Je vais mettre un cierge à l'église pour que ce soit bon.

ELLE : ...T'es mimi...

LUI : Souvent mais j'assume pas ce terme

ELLE : Bah dis-le plusieurs fois à voix haute devant ton miroir de ta salle de bain tous les matins. Après tu verras, tu seras bien avec ce terme

LUI : :)

ELLE : On se voit donc demain matin !

LUI : Oui. Suis content.

ELLE : Moi aussi :)

LUI : Bonne soirée à toi et vivement demain. Je commence à lire ton scénar.

ELLE : Bonne soirée...et bonne lecture ;)
Hâte d'avoir tes impressions.

JOUR 4 : Première rencontre
9:25

LUI : Here I am ! *(je suis ici)* Devant la boutique SNCF

ELLE : Oh mince. Suis à la bourre. Rentre dans un café et je viens t'y rejoindre. Envoie moi le nom.

LUI : Rhooooo, ok ;)

ELLE : Désolée. Ai pas dormi cette nuit.

LUI : Aucun souci, moi non plus.

ELLE : Ma journée d'hier a été une vraie cata. Mon fils a perdu son travail, un prod a annulé mon RDV...

LUI : Dépêche toi que je te donne de bonnes énergies. ;)

ELLE : Suis dans le métro, j'arrive dans 5 mn.

ELLE : Suis là.

LUI : Je te vois... ;)

14:54

LUI : Merci pour ton sourire et ton réconfort. Une telle complicité ça faisait longtemps que cela ne mettait pas arrivé. Vivement la suite.

ELLE : Oui. C'est comme si on se connaissait depuis longtemps.

LUI : Exactement.

ELLE : Merci pour le bracelet de turquoises.

LUI : Avec plaisir, elles te vont si bien.

ELLE : :) Cela m'a fait plaisir de venir avec toi dans ce magasin.

LUI : Tu es arrivée exactement au bon moment dans ma vie. Je ne sais pas ce que nous allons faire de cette magnifique rencontre d'âmes...mais je sais que de toute façon ce sera beau. Tu m'as tout chamboulé ma Vi...

ELLE : Je crois qu'on a besoin tous deux de sincérité et de réconfort

LUI : Tu es un eden. Tu me plais

ELLE : Tu me fais du bien et m'ouvres l'esprit

LUI : You're very welcome my dear (*Tu es la bienvenue ma chère*)

ELLE : Hou, j'ai plus de batterie...

LUI : Rentre vite chez toi.

ELLE : A plus tard...

17:00

ELLE : Me revoilà !

LUI : Ça va ?

ELLE : Oui...fatiguée...et je dois ressortir...

LUI : Je penserai à toi...

ELLE : Tu pars toujours Vendredi ?

LUI : Oui :(Peux pas faire autrement

ELLE : Oui je sais.

LUI : J'étais bien à tes côtés. J'avais l'impression d'être sur un petit nuage.

ELLE : :)

LUI : Et toi quand viendras-tu à Toulouse ? Envie de sentir de bonnes énergies

ELLE : Oui je comprends ;)

LUI : Que comprends-tu ?

ELLE : Que tu aies besoin de bonnes énergies

LUI : Des tiennes je voulais dire

ELLE : :)

LUI : La vie nous réserve de bonnes surprises. Vi, tu es un OVNI pour moi.
Mais inconsciemment si attendu. :)

ELLE : Moi je viens de perdre une amie, et l'Univers t'a envoyé à moi.

LUI : Je suis là pour toi désormais. Et merci de m'avoir si bien reçu.

ELLE : ;)

LUI : De magnifique manière même.

ELLE : Pareillement.

LUI : Tu devrais aller te reposer un peu avant de ressortir

ELLE : Suis déjà allongée dans mon lit et tes sms me font du bien. De toute façon je n'arrive pas à dormir...

LUI : Arrête de penser à moi et tu vas y arriver

ELLE : Présomptueux !

LUI : Désolé mais suis si flatté de t'empêcher de dormir
Je n'ai plus envie de partir à La Chapelle.

ELLE : Ne pars pas alors. Fais ce que tu as envie de faire

LUI : Je sais Vi, mais j'ai quelques obligations et je me suis déjà engagé...ça me peine.
Si je pouvais je resterais auprès de toi.

ELLE : Oui si tu pouvais...On peut peut-être se revoir avant que tu ne prennes la route?

LUI : Oui. De toute façon, je ne serai pas parti avant de t'avoir revue.

ELLE : :) Vers quelle heure dois-tu partir?

LUI : 14h, 14h30, maxi.

ELLE : On peut se rejoindre dans la matinée du côté de la FNAC des Ternes ?

LUI : Oui bonne idée. Par contre ce sera vers 12h00, car je dois passer voir une amie avant.

ELLE : D'ac. Mais midi pile alors !

LUI : Lol. Si j'arrive plus tard je partirai plus tard. C'est tout :)

ELLE : Alors ça me convient.

LUI : Moi aussi je veux passer du temps avec toi. Beaucoup de temps.

ELLE : Moi aussi

LUI : Bah on est bien !

ELLE : Oui très bien même

LUI : Arrête, j'adore

ELLE : « Arrête » est un mot que je ne veux pas

LUI : Hihi. Tu n'as pas senti le « arrête » qui veut dire « continue »

ELLE : Hummmm.
Quand on s'est séparés tout à l'heure dans le métro j'avais toujours l'impression de te sentir près de moi.

LUI : C'est ça ...je te sens aussi près de moi.
Si tu es dans ma vie, tu es dans mon cœur...

ELLE : Je suis dans ton cœur ?

LUI : Bien sûr que tu y es ! Quelle question !

ELLE : Si vite...

LUI : Suis comme ça. J'ai pas de filtre.
Et dis-moi encore quels mots je ne dois pas utiliser ?

ELLE : Jamais-impossible-peut-être

LUI : Je les connais pas ceux là ça tombe bien:)

ELLE : Tant mieux ! ;)

LUI : J'ai la banane depuis tout à l'heure...je suis haut perché ! C'est fou ça. J'adoreuuuu

ELLE : Je crois que je ne vais pas pouvoir rester longtemps ton amie comme je te l'avais proposé

LUI : Pourquoi ?

ELLE : Je pourrais ressentir très vite autre chose ;)

LUI : Depuis quand nous ne vivons pas Vi ?

ELLE : Justement

LUI : Regarde ce beau cadeau que la vie nous fait...alors il se passera ce qui se passera et
tant mieux...et tu me vas bien au teint

ELLE : Tu as raison, on ne peut pas être toujours dans la résistance...Et je n'ai plus envie de résister...

LUI : Je sais que tu en as marre de résister. Ça transpire...et ça ne te va pas. Alors fuck la résistance !

ELLE : Oui : FUCK LA RESISTANCE

LUI : Tu m'as subjugué aujourd'hui.

ELLE : Et toi chamboulée. Mise à l'envers et à l'endroit

LUI : Rhoooooo, tout ça ?

ELLE : Oui...merci. Tu m'as fait avancer

LUI : Et toi donc !

ELLE : Merci pour ton beau sourire qui ne devrait jamais s'effacer
Ne te laisse plus tirer vers le bas par des gens qui ne te méritent pas.

LUI : Je sais, je m'en rends compte et à ce niveau aussi tu m'as ouvert les yeux.
Tu es si belle Vi, tu dégages un truc de fou en plus. Quelle présence...

ELLE : Merci ! J'essaie de m'entretenir ! C'est dur de vieillir quand même et je trouve cela injuste. Le corps se transforme alors qu'à l'intérieur on est toujours la même personne. Et le temps passe trop vite alors qu'on a tellement de choses à faire, à comprendre...

LUI : Nos blessures nous rendent plus forts et nos rides prouvent qu'on a su dépasser nos souffrances.
La vie n'est pas un long fleuve tranquille.

ELLE : Oui et heureusement. Vivre c'est bouger, découvrir, faire des rencontres, apprendre
sur soi et sur les autres, c'est aimer... c'est palpitant. Mais c'est aussi souffrir

LUI : Oui et c'est peut-être le prix qu'il faut payer

ELLE : Pourquoi toujours devoir payer ? Rien semble gratuit dans cet univers

LUI : C'est la vie.

ELLE : Heureusement que la vie nous fait aussi des cadeaux. Comme ta rencontre. C'est bon de communiquer avec toi.

LUI : On se connaît déjà

ELLE : Oui

LUI : Et pourtant tout à découvrir. C'est ça qui est top

ELLE : Si tu voyais mon sourire...

LUI : Et le mien, alors imagine comme nous étions beaux cet après-midi.

ELLE : Oui, j'aurais dû m'en rendre compte.

LUI : Tu ne le voulais pas.

ELLE : Elle se trompe France Gall quand elle chante "Résiste, prouve que tu existes", c'est tout le contraire en fait, la résistance nous éloigne de la vie. Comme quoi quand on est un artiste, il faut faire attention à ce que l'on écrit.

LUI : Oui, parfois il est nécessaire de lâcher prise.

ELLE : J'ai toujours eu peur de ça. Je ne suis bien que dans le contrôle.

LUI : Mais du coup tu te fermes à plein de choses, non ?

ELLE: Oui, mais au moins je m'épargne des souffrances inutiles.

LUI : Non, pas inutiles. La peur n'empêche pas le danger, et il faut vivre les mauvaises comme les bonnes expériences. C'est ce qui nous fait grandir et nous rend plus forts.

ELLE : Oui. Il faut avancer et construire le futur

LUI : Le moment présent est le plus important.

ELLE : Oui, c'est dans le présent qu'on construit le futur.
Le futur est un cadeau.

LUI : Pour moi c'est maintenant qui est un cadeau. Il n'y a que le moment présent que tu vis qui est une certitude. Mais c'est dur de ne pas se projeter.

ELLE : Il n'y a que la personne saine d'esprit qui peut se projeter sereinement dans le futur. Et d'ailleurs pour elle le présent n'est qu'une planification du futur où elle y inscrit ses buts à atteindre : elle est déjà dans demain. Le névrosé lui ne vit que dans le présent car il rejette son passé et a peur du futur.

LUI : Pas d'accord. Je ne me sens pas névrosé quand je profite de chaque seconde avec toi sans penser à demain.

ELLE : Moi j'aime bien me projeter dans le futur. J'ai hâte de voir ce qu'il me réserve. Mais le passé me retient toujours.

LUI : C'est encore une forme de contrôle. Laisse venir.

ELLE : Oui. Mais c'est plus fort que moi. Peut-être que c'est parce que je me sens seule en ce moment.

LUI : Suis là moi.

ELLE : Oui :) mais demain, seras-tu là ?

LUI : Demain oui :)

ELLE : Je ne parle pas de ce demain là.

LUI : Vi ! Profite du moment présent ! De maintenant. Aujourd'hui, je n'ai pas vu les minutes passer à tes côtés. C'est fou comme cela a passé vite. Alors je profite de chaque minute.
Je hais ce serveur qui a mis fin à notre rencontre, sous prétexte qu'il devait dresser sa table pour midi.

ELLE : Le temps est relatif comme disait Mr Einstein.

LUI : Madame montre son savoir...

ELLE : Le savoir est comme un livre, il doit voyager, se partager, se donner ;)

LUI : Comme quoi tu dois venir à Toulouse

ELLE : Tu redescends quand à Toulouse ?

LUI : Mercredi prochain. Mais avant, séjour à Nantes pour l'anniversaire de mon filleul.

ELLE : Tu auras sûrement de la pluie :p

LUI : Pas grave, j'aime patauger

ELLE : Il a quel âge ton filleul ?

LUI : 3 ans. Il est génial ! Tout blond. Un soleil

ELLE : J'aime le soleil.

LUI : Alors ne t'en prive pas, aimer te va si bien

ELLE : Aimer va à tout le monde. Les anglais font la différence entre "aimer une chose" et "aimer une personne" : I like the sun and I love my son (*j'aime le soleil et j'aime mon fils*).
Nous les français on dit j'aime pour n'importe quoi. Mais quand il s'agit de dire " je t'aime", là il semble qu'il y aie un cas de conscience...c'est drôle, non ?

LUI : Moi j'aime aimer, on rayonne, tout est plus beau.

ELLE : Oui. Tout devient lumineux.

LUI : Oui mais n'oublie pas qu'il faut aussi savoir recevoir

ELLE : Oui, donner et recevoir en parfait équilibre.

LUI : C'est ça. Tu te souviens de notre conversation à ce sujet ?

ELLE : Oui. Tu m'as dit que je n'étais pas prête à recevoir. Je ne sais pas pourquoi tu as pensé ça. Ou ce qui t'a fait dire ça.

LUI : Quand on te fait un compliment par exemple, tu ne l'acceptes pas. Tu donnes facilement mais tu as du mal à recevoir.

ELLE : Je me protège surtout. Donner est toujours un plaisir mais recevoir peut faire souffrir. Et je ne veux plus souffrir.

LUI : J'ai bien compris. La vie n'est pas une fatalité, elle est ce que tu en fais. Et ne te plains pas si tu es seule. Car donner ne suffit pas.

ELLE : Oui mais faut-il encore savoir s'entourer de bonnes personnes. Moi j'attire toujours des cas sociaux. Ils prennent mais ne donnent pas ou quand ils donnent ils s'arrangent pour reprendre. Et ensuite ils te laissent sur le carreau. J'ai souvent fait confiance aux mauvaises personnes alors maintenant je fais tellement attention que peu de personnes arrivent jusqu'à moi.

LUI : C'est dommage.

ELLE : Oui, j'aimerais tellement faire à nouveau confiance, mais le doute vient toujours s'installer en moi comme un poison.

LUI : Il faut que tu réapprennes à faire confiance

ELLE : Il faut surtout que j'apprenne à bien m'entourer. Il faut que je commence à attirer une personne qui veut vraiment partager quelque chose avec moi, quelque chose de vrai, de sincère.

LUI : Tu es sur la bonne voie, je le sens.

ELLE : Merci. En tout cas, j'essaie d'être au bon endroit avec la bonne personne. Mais ça c'est pas facile.

LUI : N'essaie pas, sois.

ELLE : Bah là, je devrais déjà être ailleurs ! J'ai pas vu l'heure passer et j'ai un rdv. Serais bien restée allongée sur mon lit.

LUI : Bravo pour ne pas t'être endormie

ELLE : La faute à qui ?
Depuis que je te connais je n'arrive plus à dormir

LUI : Rhoo...J'aime bien faire ça.

ELLE : Ah oui ! Moi aussi...;)

LUI : Tu ne me lasses pas.

ELLE : Toi non plus. J'adore parler avec toi. Être avec toi

LUI : On est sur la même longueur d'onde.

ELLE : Oui. Ton onde peut-elle m'emmener jusqu'à mon rdv ?

LUI : J'aurais bien voulu, mais ce soir je suis avec ma maman. Et elle ne va pas bien. J'essaie de lui donner des bonnes énergies avant mon départ.

ELLE : Je me doute bien que tu avais déjà prévu des choses avant de me rencontrer

LUI : Mais j'aurais bien voulu être à tes côtés, crois-moi !

ELLE : Il faut que j'aille me préparer. Je sens que notre échange va me manquer.

LUI : La vie est ce que tu en fais.

ELLE : Hum. Elle est faite aussi de ce que les autres veulent qu'on en fasse

LUI : Non, c'est toi qui décides.

ELLE : Oui, mais parfois tu es bien obligé d'agir en fonction des autres ?

LUI : Le piège.

ELLE : Non pas toujours. La responsabilité. Toi tu choisis de rester avec ta maman parce que tu sens qu'elle a besoin de toi et pourtant tu pourrais choisir de venir avec moi

LUI : Oui, c'est vrai.

ELLE : C'est ton choix. Et moi je pourrais annuler mon rdv et rester sur mon lit à échanger avec toi. Mais je dois y aller car je suis attendue et je ne veux pas arriver en retard à cette soirée.

LUI : Et moi, combien de temps crois-tu que je t'ai attendue ?

ELLE : Il n'y a plus de temps pour ceux qui se retrouvent.

LUI : C'est beau.

ELLE : Tu m'inspires mon alchimiste

LUI : Cool c'est réciproque, malheureusement, je n'ai pas ta plume.

ELLE : C'est ce que tu crois. J'ai du plaisir à te lire

LUI : J'ai des flashs de tes yeux et de ton sourire, c'est génial :)

ELLE : Heureusement que tu ne me vois pas affalée sur mon lit...une vraie guimauve.

LUI : J'adore la guimauve. Ça se mange de tant de manières différentes

ELLE : Hum

LUI : Oui, c'est nul

ELLE : Non, ça m'a fait sourire.

LUI : Allez secoue-toi, je ne veux pas te mettre en retard!

ELLE : Facile à dire. Suis tellement bien là sur mon lit, avec toi...
En plus j'entends la pluie qui commence à tomber.

LUI : C'est ton choix :)

ELLE : Ahah

LUI : J'aime te taquiner Vi. Don't forget your umbrella *(N'oublie pas ton parapluie*)

ELLE : Non, je n'aime pas les parapluies, ils attirent la pluie

LUI : Vu sous cet angle, alors ne prends pas ton parapluie

ELLE : Right ! *(exact)*

LUI : Je serai avec toi en pensées

ELLE : Tu es déjà dans mes pensées

LUI : Je t'embrasse et te souhaite une bonne soirée

ELLE : A toi aussi. Bisoussss

JOUR 5

9:32

LUI: Hey Vi…
Bien reposée? Je t'envoie mes belles énergies ensoleillées du matin :)

ELLE: Coucou. Je vois que tu es en forme toi.

LUI : Grâce à toi très chère…. Un être de lumière est entré dans ma vie.

ELLE : Oh !....merci :)
Enfin j'espère que c'est de moi dont tu parles ?

LUI : Hihi. J'ai commencé à lire ton scénario....J'adore...j'aimerais être acteur pour jouer dedans...Je trouve que je ressemble au personnage principal

ELLE : Oui c'est vrai. Je t'avais déjà imaginé. D'ailleurs peut-être que tu n'existes pas et que tout cela n'est que dans mon imagination...

LUI : Je préfère être réel pour pouvoir te toucher

ELLE : Tu as déjà touché mon cœur...Tu pars toujours à Nantes cet aprem ?

LUI : :(

ELLE : :(

LUI : Il me tarde.

ELLE : Oui je comprends, la campagne…

LUI : Non. Il me tarde de te revoir. Et ta soirée ?

ELLE : J'ai eu du mal à trouver l'endroit, je suis arrivée à la fin de la projection. Il y avait trop de monde. Suis rentrée par le dernier métro. Il continuait à pleuvoir, je ne sais pas pourquoi j'étais triste...

LUI : Fallait m'appeler !

ELLE : T'es un ange

LUI : Alors déchu

ELLE : Porteur de lumière :)

LUI : Je préférais donneur de lumière

ELLE : Je suis sûre qu'il y a cette lumière en toi

LUI : En tout cas je la recherche...On est des initiés.

ELLE : Des illuminés !

LUI : Ça me convient aussi

ELLE : T'as bien dormi ?

LUI : Oui et me suis réveillé avec la banane. Cela faisait longtemps que cela ne m'était pas arrivé. Tu me fais tellement de bien Vi

ELLE : C'est vrai ?

LUI : Tu peux pas savoir. Tu m'as sorti du noir. Tu en doutes ?

ELLE : Je doute toujours

LUI : Ne doute plus avec moi stp.

ELLE : D'ac. A toute à l'heure alors.

Deuxième rencontre avant le départ de Fabien.
11:39

LUI : Bah, alors je t'attends moi :)
T'es où ma précieuse ?

ELLE : Oh mince, t'es déjà arrivé ?

LUI : Oui suis dans ta FNAC. Je passe aux caisses.

ELLE : Attends-moi, j'en ai pour 5 min pour arriver jusqu'à toi.

LUI : J't'attendrai devant l'entrée principale.

ELLE : OK. J'arrive...

ELLE : T'es où ? Je ne te vois pas ?

LUI : Suis derrière toi

Fabien a quitté Paris.
15:00

LUI : Petite pause sur l'autoroute. Merci pour la pluie.

ELLE : Il pleut ? Non ? Suis trop forte.

Attends je vais faire venir du soleil même si je ne suis pas avec toi pour en profiter mon doux éloigné.

LUI : ;) Le soleil est dans notre cœur, c'est bien l'essentiel, non ?

ELLE : Oui. J'espère qu'il y restera !

LUI : Attention, je sens comme un commencement de doute ?!

ELLE : Non. Mais je n'aime pas les départs...

LUI : Excuse-moi pour tout à l'heure, je n'ai pas pu résister. J'avais très envie de sentir tes lèvres.

ELLE : J'aurai pu reculer. Mais je t'ai laissé faire. J'avoue que j'en avais très envie aussi.

LUI : C'était bon...je ne regrette pas.

ELLE : Moi non plus.

LUI : Allez, je repars. A tout à l'heure ma précieuse. Baisers tendres.

ELLE : Suis avec toi.

Fin de journée : Fabien est arrivé à Nantes.
18:14 :

LUI : Bien arrivé. J'aurai dû t'emmener dans mes bagages. Next time. (*la prochaine fois*)
Je ne sais pas ce que tu m'as fait Vi. Mais wouah...

ELLE : Suis heureuse de te faire du bien. Le passé est derrière toi.

LUI : Et notre vie devant nous

ELLE: Je ne dors plus.

LUI : Rêve de nous!

ELLE: Justement, je rêve éveillée

LUI : Coquine.

ELLE : J'aime autant nos sms que nos rencontres, somme toute brèves et éphémères

LUI : T'inquiète, y en aura plein d'autres. Bientôt....

ELLE: :) Le soleil a rencontré la terre. Et la terre ne peut plus se passer de ses rayons.

LUI : On est complets. Je pense qu'on a tous les deux besoin l'un de l'autre

ELLE : Je t'envoie une photo de moi avec Isis, ma petite chatte, qui ronronne sur mes genoux

LUI : Je voudrais être avec vous

ELLE : Mais tu y es!

LUI : Y a intérêt. Je veux te sentir contre moi. Tu me redonnes confiance en moi.

ELLE: Je suis avec toi.

22:30

LUI : Ça va ma Vi ?

ELLE : Oui et toi ?

LUI : Oui. Toujours la banane. Mes amis n'en reviennent pas. Ils m'ont vu y a 15 jours dans un état pitoyable et là... tu es la source de ce changement. Je ne te remercierai jamais assez.

ELLE : Tu ne me dois rien. Vraiment. Tu réchauffes mon cœur. Et je te souhaite une très bonne soirée avec tes amis.

LUI : Je voudrais calculer ton chiffre KUA. Rapport au tri gamme, Yi king et tout.
Je suis aussi très intéressé par ça.
Excuse mon indiscrétion mais il me faut ta date de naissance ma précieuse…
Et merci, mais je compte bien échanger avec toi durant cette soirée :)

ELLE : C'est quoi ça ? Il faut d'abord que j'étudie.

LUI : Il faut juste que te me fasses confiance :o

ELLE : Je ne suis pas trop pour les indications, les prédictions, c'est comme l'horoscope.
Comment ils peuvent prédire les mêmes choses pour des milliers de personnes. Où est l'individu là dedans ? Et puis les petites cases c'est pas pour moi.
Je te fais confiance, là n'est pas la question.
Le chiffre KUA, c'est dans le Feng shui. C'est ça ?

LUI : Yes ! C'était pas pour une indication, je voulais te faire un cadeau.
Moi j'ai mon tri gamme gravé dans le dos :)

ELLE : Désolée, j'avais pas compris.

LUI : Pas de mal douceur.

ELLE : Quel est le rapport avec le tri gamme ?
Parce que là, je suis en train de lire sur Wikipédia que cela concerne essentiellement l'habitat et son environnement et comment choisir en fonction du chiffre ?!?!

LUI : Le chiffre KUA…te donne le chiffre correspondant à ton tri gamme, moi je suis 9

ELLE : Attends, je calcule le mien.

ELLE : Moi c'est 3. C'est grave ?

LUI : Haha, non. Moi je suis juste le soleil.
Tout ça pour ne pas me donner ta date de naissance !

ELLE : C'est important pour toi ?

LUI : Non…Tu me vas :)
C'était juste pour le calcul du chiffre. Tu ne me fais pas confiance ?

ELLE : Si, j'ai confiance en toi. Mais encore des peurs.
Un gars, un américain, que j'avais rencontré sur un site, m'a quittée lorsque je lui ai dit mon âge. Il croyait que j'avais le même âge que lui. On avait 7 ans de différence. Lui était plus jeune. Et cela l'a gêné. Il m'a dit que pour l'instant cela ne se voyait pas, mais plus tard….Cela m'avait blessée.

LUI : Un connard. Je ne voulais pas te blesser.
Comment me faire pardonner ?

ELLE : Reste tel que tu es. C'est moi qui reste bloquée.

LUI : Je vais te débloquer moi.

ELLE : :)

LUI : Fais moi confiance !

ELLE : Oui mais suis encore sur mode autoprotection automatique.

LUI : OK. Maintenant je le sais.

ELLE : Pourtant je me sens proche de toi.

LUI : Connected people. (*des personnes connectées*)

ELLE : Deux esprits qui se sont trouvés, ou retrouvés, deux histoires qui se rapprochent

LUI : Ouiiii, je te sens proche de moi aussi et c'est bon.
Merci encore à toi, à l'univers, à tout ce qui fait que tu es entrée dans ma vie.
:) Vivement la suite. Tant de choses à découvrir.

ELLE : C'est un voyage.

LUI : J'adore ça….. Vivement la plage et nous.

ELLE : Lol. un voyage temporel ou intemporel, terrestre ou céleste, physique ou spirituel... ?

LUI : Je veux tout :)

ELLE : : On ne va pas s'ennuyer alors.

LUI : J'en suis convaincu. J'ai l'impression que tu es avec moi là :)

ELLE : Je suis avec toi. J'imagine ton sourire. Il me fait fondre.

LUI : Je sais et moi pareil. C'est bon.

ELLE : Es-tu avec tes amis là ?

LUI : Oui…et avec toi.

ELLE : Ils vont peut-être trouver bizarre que tu sois en train d'écrire des SMS. A moitié avec eux. A moitié avec Moi.

LUI : M'en fous… Bien avec Vous.

ELLE : Alors, bien avec toi. J'ai dîné avec mon coloc. Nous avons fêté son nouvel emploi. On a bu du champagne.

LUI : J'aurais aimé le partager avec vous. Te siento. (*je te sen*s)

ELLE : Mi También. Hablamos espanol ahorra ? Lol ! (*moi aussi. On parle espagnol maintenant*)

LUI : Toutes les langues si tu veux.

ELLE : Me gusta mucho la lengua espanola. Muy poetica. Muy melodiosa. Hihi. (*j'aime beaucoup l'espagnol, c'est une langue poétique et chantante*)

LUI : Je parle pas aussi bien espagnol que toi.

ELLE : No es un problemo querido (*mon cher*). Moi non plus, je te rassure.
Mon espagnol est loin. Muy lejo.

LUI : Oui mais moi je suis là.

ELLE : Hi hi, j'aimerais aller à Barcelone avec toi.

LUI : On ira hein on ira ?

ELLE : Oui, j'ai envie d'aller dans beaucoup d'endroits avec toi. Rome, Bruxelles, San Francisco, Amsterdam, Istanbul... Je trouve que ce sont des villes qui te vont bien.

LUI : A toi aussi. Elles seront pour nous. Querida.

ELLE : No frontier for us. Thanks to us. No limit (*Pas de frontières pour nous. Grâce à nous. Pas de limites)*

LUI : Yeahhhh. We've got the power :) *(on a le Pouvoir)*

ELLE : Yes my dear the power in us.

LUI : Et c'est génial.

ELLE : On peut se permettre beaucoup de choses.

LUI : Oui. Et à toi je te permets tout.Tu me manques. Je nous vois seuls sur une plage, même si on ne peut pas se le permettre en ce moment, je le demande de tout mon corps, de toute mon âme à l'univers…

ELLE : Alors il y pourvoira. Je soutiens ta demande.

LUI : Et comme j'ai déjà reçu ce que j'ai demandé, prépare-toi à partir au soleil…

ELLE : Il va falloir que je sois attentive à tes demandes. Hi hi
Tu me demandes déjà de partir avec toi…Quel chemin en si peu de temps !

LUI : C'est ça, ça ne se commande pas :)

ELLE : Oui et on a lu tous les deux le « SECRET » ! La loi de l'attraction !
Et je mets en pratique ses recommandations, car l'auteur promet le succès qu'on désire – et j'ai attendu trop longtemps. C'est presque magique. Faut pas chercher à savoir pourquoi ni comment quand le bonheur sonne à notre porte ! Juste à dire Merci.

LUI : Oui, alors merci. Continuons comme ça. Je me mets sur « HEROS» avant de m'endormir.

ELLE : Yep ! On va gagner. La vie c'est un jeu. Et moi j'aime être du côté des gagnants.
Suis fière de ton parcours spirituel et de tes décisions.

LUI : Tu y es pour quelque chose ma précieuse.

ELLE : Il n'y a pas beaucoup de gens qui se remettre en question, qui cherchent à s'améliorer, toujours, qui cherchent la vérité. Reconnaître ses faiblesses, c'est se montrer fort.
Tu es vraiment quelqu'un de capable, je crois en toi.

LUI : Tu es ma faiblesse, parce que je craque, mais tu es aussi ma force.

ELLE : Cette force tu l'avais déjà en toi.
Et ton chemin tu l'as commencé bien avant de me rencontrer.

LUI : Oui mais tu me montres la suite du chemin, et cette dualité c'est toi, c'est moi. :)

ELLE : C'est nous.

LUI : J'adore. Hum...

ELLE : je vais te laisser à tes amis maintenant.

LUI : D'ac ma Vi. Dors bien.

JOUR 6
10:15

LUI : Coucou ma douce. Comment ça va ce matin ? Bien dormi cette fois-ci ?
Aujourd'hui j'ai de bons pressentiments. Tout peut arriver car nous en sommes convaincus.
Énormes baisers sur ton frêle cou.

ELLE : :) Oui j'ai enfin bien dormi et réveillée avec le sourire. Je vais bien et je sens que c'est pareil pour toi.

LUI : Oui et tu y es pour quelque chose. Suis plein d'énergie

ELLE : Je porte ton bracelet

LUI : Tu m'en vois ravi. Au fait j'ai un plan pour aller pécher la sardine au Mexique. Tu me suis ?

ELLE : Heu ? Au Mexique ?

LUI : Oui. Y a de belles plages blanches.

ELLE : Allez, pourquoi pas !

LUI : Non, c'était une blague. Mais j'aime ta réponse...

ELLE : Tu vois, plus rien ne m'arrête ! Mdr. Toi tu aurais pêché les crevettes pendant que moi j'aurais fait bronzette sur cette fameuse plage blanche presque déserte. Le ciel aurait été bleu turquoise et tu m'aurais rejointe dans les flots azurés...on aurait été fous et heureux..

LUI : Elle me plaît bien ton histoire

ELLE : Oui, une belle histoire, comme on en rêve.

LUI : Demandons à l'univers de nous l'offrir

ELLE : La réalité naît de l'imagination. Alors toi et moi imaginons à outrance. Et il en sortira bien quelque chose de bon. Créons, créons, créons...

LUI : Oui, tu as raison tout démarre d'une pensée

ELLE : Et d'une intention. Et d'un choix aussi. C'est pour ça qu'il est important d'être bien dans sa tête, d'être bien entouré, pour pouvoir faire les bons choix.

LUI : Exactement ! Tout n'est pas réglé mais j'y travaille.

ELLE :Ah ? Travaille bien alors !

LUI : Oui et tu es mon accompagnatrice

ELLE : Ton accompagnatrice ?

LUI : Mon guide, si tu préfères

ELLE : Si tu veux. Si je peux t'aider, je suis là évidemment. Je n'ai pas la science infuse mais j'ai déjà bien travaillé sur moi même. Et je n'ai pas terminé...on apprend toute sa vie. Mais si je peux partager avec toi, tu es le bienvenu sur mon chemin. Tu vois tu deviens un peu mon guide aussi...

LUI : Non, tu es plus avancée que moi.

ELLE : Je ne dirai pas cela. Chacun a son propre parcours. Il commence là où l'on décide qu'il commence.

LUI : Oui, j'avance ma Vi, j'avance...

ELLE : Mais je ne voudrais pas n'être que la canne qui te soutient.

LUI : Oui je sais

ELLE : Je veux bien être là pour toi, te relever quand tu tombes, mais je voudrais être aussi là pour les moments de bonheur, les moments de partage. Je veux sourire, avoir de nouveau confiance, m'ouvrir...

LUI : Tu ne seras jamais qu'une canne pour moi. Tu es bien plus...

ELLE : Plus...

LUI : Je vais passer à table avec mes amis, je vais devoir te laisser

ELLE : D'ac. A plus tard.

15:10

LUI : Que fais-tu très chère ?

ELLE : J'écris

LUI : Qu'écris-tu ?

ELLE : Un poème

LUI : je peux en avoir un avant goût ?

ELLE : Il n'est pas encore au point

LUI : C'est pas grave

ELLE : Bon tu seras indulgent

LUI : ;)

ELLE : Ok :)

Tourné vers le mur
tu respires doucement
dans ton sommeil paisible.
Je me glisse contre ton dos
je ressens ta chaleur
et la douceur de ta peau.
Tu te retournes vers moi
tes yeux bleus si purs
me transpercent le cœur.
Sous tes caresses habiles
le désir m'emporte vers toi
et m'éloigne de mes peurs.

Bon c'est encore à travailler

LUI : Hummm. J'attends la suite ;)

ELLE : Bientôt...Et toi que fais-tu ?

LUI : Je lis...je continue à apprendre...à avancer...j'ai des flash de ma dernière histoire qui reviennent mais je fais en sorte de leur tordre le cou dès qu'ils arrivent.

ELLE : Tu résistes

LUI : Oui.

ELLE : Je comprends. C'est encore frais

LUI : Oui.

ELLE : C'est pas facile de faire table rase. C'est en toi, comme des empreintes indélébiles.
Il ne faut pas résister. Accepte les, regarde les, et puis essaie de passer à autre chose.

LUI : C'est ça. J'avance et toi ?

ELLE : Moi aussi. Mais je me suis peut-être trop blindée.

LUI : Je te comprends. Mais tu peux t'ouvrir à moi.

ELLE : Comme toi tu le fais avec moi ?

LUI : Oui.

ELLE : Une partie de moi le désire tellement. Tu ne peux pas imaginer. Mais...

LUI : Apprenons à mieux nous connaître et à nous apprécier. Nous valons la peine de nous découvrir...

ELLE : D'aller l'un vers l'autre. Mais j'ai l'impression que c'est plus moi qui vais vers toi...

LUI : C'est l'impression que je te donne ?

ELLE : Par moments oui. Mais anyway. Continuons à nous découvrir comme tu le dis.

LUI : Cache ton enthousiasme !

ELLE : Mais non c'est pas ça. Mais tu sors à peine d'une histoire d'amour qui en plus t'a fait souffrir.

LUI : Oui et ? Que veux-tu me dire ma chère précieuse ?

ELLE : Je me demande ce que je viens faire dans ton histoire, maintenant. Si après tu me dis : "Bah ma chère Vi, elle est revenue, on s'est expliqués et je veux retenter le coup avec elle". Je ne sais pas comment je le prendrai.

LUI : Je suis là Vi, fais de moi ce que tu veux, un ami, un amant, un amoureux, mais je suis là, maintenant, pour toi. Tu es entrée dans ma vie et il est hors de question que tu en sortes. Non mais oh...tu m'énerves avec tes doutes.

ELLE : Mets toi à ma place. Tu réveilles des trucs en moi, c'est pas facile

LUI : Des trucs pas bons du coup :(Désolé.

ELLE : Non ne le sois pas. Je m'attends à tout et à rien en même temps. Suis trop émotive et empathique aussi.

LUI : Et moi, je ressens quoi d'après toi ?

ELLE : Peut-être que je ne veux pas le savoir. Je ressens que tu as un grand besoin d'amour et de confiance en toi.Tu veux tout donner à l'autre pour lui prouver ton amour mais tu attends sûrement tellement en retour !

LUI : Et ?... Donc c'est pas bien, c'est ça ?

ELLE : Ce n'est pas un reproche. Mais ce n'est pas l'autre qui peut t'apporter ce que tu recherches.

LUI : Ça je le sais. Si ça te fais reculer, alors c'est pas bien.

ELLE : Mais non. Je t'exprime juste mes craintes. Mais si tu préfères croire que je fais marche arrière alors crois-le !

LUI : Non, je préfère me tromper. Tu me fais du bien, je suis bien en ta présence, j'adore t'embrasser. On a beaucoup de choses à partager... C'est ça que je vois moi. Et toi ?

ELLE : Moi aussi

LUI : Alors mets tes peurs de côté. Ne sois pas sur la défensive avec moi stp.
Ne remets pas tout en cause.

ELLE : Soyons indulgents l'un envers l'autre.
Je n'ai pas envie de te perdre alors que je viens seulement de te trouver.

LUI : Je serai indulgent tant que tu ne me feras pas de mal.

ELLE : C'est réciproque. Mon but n'est pas de te faire mal. Au contraire

LUI : Alors concentre-toi sur MAINTENANT et juillet à la rigueur :)

ELLE : D'ac. :) Envie de te serrer dans mes bras...

LUI : Oui moi aussi. Je vais faire une sieste et rêver que tu sois à mes côtés mi guapa. (*ma belle*)

ELLE : Je suis avec toi, là.

LUI : Que du bonheur ma Vi. Tendres baisers.

ELLE : Mille bisous

16:00

LUI : J'arrive pas à dormir. Trop de pensées

ELLE : Moi je n'arrive pas à écrire.

LUI : J'aimerais te téléporter dans mes bras.

ELLE : :)

LUI : J'aimerais que tout soit possible

ELLE : Tout est possible. Surtout à deux.

LUI : On va l'avoir notre plage sous le soleil

ELLE : Je te fais confiance

LUI ::) La loi de l'attraction Vi : « Il suffit d'être ouvert aux possibilités qu'offre la vie » Rhonda Byrne.

ELLE : J'ai déjà fait des choses que des gens me disaient impossible à faire. Je leur ai prouvé le contraire. Mon intention était en béton, et surtout je n'avais aucun doute. Seul le résultat m'importait. Je n'avais que lui en tête. Je le voyais, c'était évident pour moi. Et j'ai réussi. Tout s'alignait vers le résultat que je voulais obtenir, comme par magie.

LUI : Nous c'est déjà magique je trouve. Une rencontre improbable. Au moment où tous les deux nous en avions besoin.

ELLE : En tous cas nous voulions sûrement nous rencontrer...Nous en avons eu l'intention. Vouloir c'est déjà pouvoir. Cela me rappelle mon expérience de danseuse. J'avais 8 ans et j'étais toujours au fond du cours. Je n'étais pas spécialement bonne, je suivais. C'est tout. Et puis, un jour, j'ai décidé que je voulais être la meilleure. Et ce fut comme un déclic. Je me suis mise à danser comme jamais je n'avais dansé. La prof était très étonnée par mes progrès si rapides. Et je me suis retrouvée devant les autres à montrer l'exemple. Et je n'ai jamais perdu ma place pendant toutes mes années de danse.

LUI : C'est un parfait exemple de la magie du SECRET

ELLE : Une décision et du travail. Mais surtout je me dis que si j'ai pu le faire, je peux donc le refaire.

LUI : Évidemment et j'en serai le témoin actif !

ELLE : YES. J'ai envie de faire plein de choses et de grandes choses

LUI : Bah oui. Visons la lune. Et si on tombe, on tombera dans les étoiles....

ELLE : lol. Il n'est pas dans mes projets de tomber.

LUI : Ça tombe bien, ce n'est pas non plus dans les miens. De toute façon j'ai une sorte d'ange gardien. Même si je suis dans la galère, bizarrement il se passe toujours quelque chose de bien, un imprévu, de l'argent qui arrive comme par magie

ELLE : C'est en toi. Tu attires les bonnes choses au bon moment. Tu dois avoir une pensée de base qui dit : « Quoiqu'il arrive, je m'en sortirai toujours ». Suis pareille que toi. C'est notre nature optimiste. Alors imagine à deux. Quand deux personnes comme nous se rencontrent.

LUI : je l'imagine très bien. Mon rêve. J'y crois.

ELLE : Plus tu mets de force mentale sur le matériel et plus il s'éloigne de toi. Il faut rester léger et simple. Avoir la foi. C'est ça à mon avis le secret.
Avoir la foi, et dire merci quand ce que tu veux arrive. Plus tu vas vers des émotions positives et plus tu t'attires du positif dans ta vie.

LUI : C'est vrai.

ELLE : L'inverse aussi est vrai. Un homme toujours en colère n'attire à lui que de la destruction : des objets cassés, une femme qui le quitte, une voiture en panne, un compte en banque toujours dans le rouge et des problèmes de santé....

LUI : T'es un vrai gourou ma Vi

ELLE : Ouuuh, surtout pas. Je te fais part de ce que j'ai remarqué. C'est vrai pour moi mais peut-être pas pour toi.

LUI : En tout cas ça me parle bien ce que tu dis.

ELLE : C'est bien alors.

LUI : Vaut mieux s'entourer de bonnes personnes avec de bonnes intentions.

ELLE : Oui car les autres préfèrent que tu ne réussisses pas. Pourquoi es-tu parti vivre si loin de ta famille ?

LUI : 40 ans. Envie de changer de vie. Ça fait 10 mois maintenant et j'ai fait un bon bout de chemin.

ELLE : Quand on est sur le bon chemin, les choses fonctionnent bien

LUI : Il faut un peu de temps aussi.

ELLE : Pourquoi mettre toujours du temps ?

LUI : Je sais que la décision était la bonne...de partir...mais peut-être pas la bonne destination.

ELLE : Si tu t'entoures de gens positifs cela va le faire.

LUI : J'ai senti qu'il fallait que je m'éloigne de ma famille. Depuis je me sens capable de déplacer des montagnes. J'ai envie de croquer la vie sans compter.

ELLE : Alors tu dois être sur la bonne voie. En tout cas tu es plein de ressources. Bravo pour cela.

LUI : Toi aussi, tu en es remplie et je ne sais pas tout.

ELLE : Non. Ce ne serait pas drôle si tu savais tout.

LUI : Tu m'es vraiment précieuse. Et pour toi je veux tout défoncer pour réussir.

ELLE : Tu vas réussir. Tout doit converger vers ton succès.

LUI : Merci ma Vi.

ELLE : You are very welcome my dear

LUI : Je voudrais partir loin avec toi.

ELLE : Pourquoi loin ?

LUI : Pourquoi pas ?
Je dois faire une course avec mon pote. Faut que je te laisse un petit moment.

ELLE : D'ac. A toute alors.

18 :30

LUI : J'ai trouvé une pièce de 1 euro par terre. Le début de la fortune. Peut-être d'un nouveau départ ?

ELLE : Pourquoi veux-tu partir ?

LUI : Je cherche des plans et je ne me limite pas.

ELLE : Quel est ton but dans l'avenir ?

LUI : Ah encore lui...l' AVENIR!... Je veux avancer, m'épanouir, trouver ma voie.

ELLE : Tu n'as plus qu'à définir le comment pour y arriver. Et tu penses que Toulouse est une bonne base ?

LUI : C'est la question que je me pose en ce moment.

ELLE : Il faut que cette ville t'apporte les ressources dont tu as besoin pour créer et t'épanouir.

LUI : Je viens d'envoyer un texto à mon ancienne prod pour savoir si elle était dispo pour lire ton projet. Je veux t'aider aussi.

ELLE : Merci.

LUI : On avance Vi, tu verras

ELLE : ;)

LUI : As-tu mis quelque chose dans mon café à notre première rencontre ?

ELLE : Pourquoi ?

LUI : Une impression d'être drogué de toi et en manque du coup.

ELLE : Ouille comment combler ce manque ?

LUI : C'est dur d'être loin. Mais le souvenir de ta peau, si douce, de tes lèvres, me remplit...

ELLE : Mais le souvenir finira par s'effacer...

LUI : Il faut alors créer d'autres souvenirs...

ELLE : ...Pas facile.

LUI : Gardons confiance

ELLE : Oui. ;)

20:30

LUI : Ça y est je t'ai perdue. :(

ELLE : Pourquoi tu dis ça ? Je finis de dîner avec mon coloc.

LUI : Punaise j'arrête pas de penser à toi et à tout ce que nous allons faire de terrible ;) Je n'arrive pas à m'enlever ce sourire et j'adore ça.

ELLE : Tes amis doivent être contents

LUI : Oui surtout qu'ils m'ont vu quand j'étais au plus mal. Ils sont ravis.

ELLE : Que faites-vous en ce moment ?

LUI : On est toujours à l'apéro dans le jardin. Il fait bon. C'est super agréable, avec un bon rosé bien frais

ELLE : A ta santé alors ! ;)

LUI : A la tienne mi guapa. Je l'envie ton coloc.

ELLE : Ah bon pourquoi ? C'est vrai que mon appart est très confortable ;)

LUI : Ça pourrait être sous un pont...Si tu y étais, peu importe.

ELLE : On dit ça. Pour une nuit, un jour, c'est marrant...par la suite c'est moins drôle, et il faut beaucoup d'amour pour supporter la misère

LUI : De toute façon on ne sera jamais sous les ponts. Parce qu'on en a le pouvoir.

ELLE : Notre vie sera ce qu'on veut qu'elle soit

LUI : J'espère que tu me veux dans ta vie

ELLE : <3

LUI : Je te kiffe toi tu sais.

ELLE : Tu me manques

LUI : Quelle belle rencontre, toi et moi

ELLE : Nous

LUI : Bientôt

ELLE : Je le souhaite

LUI : C'est la fête ici. Les feux de la Saint Jean, comme j'aurais voulu partager ce moment avec toi.

ELLE : Suis là...dans tes sms...pas encore en 3D. Mais on y travaille, non ?

LUI : Oui mais en vrai c'est encore mieux

ELLE : Je pourrais à cet instant t'embrasser au coin de tes lèvres et descendre le long de ta nuque. Et te chuchoter des mots doux.

LUI : C'est si bon. Arrête, j'en peux plus.

ELLE : :(T'as employé le mot défendu.

LUI : Oui mais t'as oublié que chez moi cela veut dire continue...

ELLE : Bon alors je continue, puis mes yeux dans tes yeux...pour que tu y lises mon désir.

LUI : Je craque. Imagine alors un peu...on est...putain je ne trouve pas le mot...rhaaa.............

ELLE : Un moment en suspension

LUI : On est grave compatibles. J'ai envie de toi Vi

ELLE : J'ai bien fait d'insister

LUI : ? C'est moi qui t'aie proposé de nous rencontrer !

ELLE : Oui mais c'est moi qui t'aie demandé de nous voir la seconde fois.

LUI : T'as raison.

ELLE : Oui, toujours et encore...trois mots que j'aime

LUI : Encore et encore...oui, oui, oui sans fin

ELLE : Quand on dit "oui", nos lèvres se rapprochent comme si on allait donner un baiser. C'est comme une invitation

LUI : Je voudrais que tu sois en face de moi et que tu me dises oui.

ELLE : Et tu craquerais !

LUI : Oui

ELLE : Pourquoi je ne t'ai pas appelé avant ?

LUI : Avant n'était pas le bon moment

ELLE : Mais au fait, on ne s'est jamais appelés. Je viens juste de m'en rendre compte. On ne communique que par sms. Heureusement qu'ils sont gratuits. On serait ruinés...

LUI : Comme ça on va à l'essentiel, non ?

ELLE : J'espère qu'un jour tu daigneras m'appeler. Je te promets je ne te jetterai pas de sorts.

LUI : Sorcière

ELLE: Alors bien aimée. Je suis là pour vous servir mon seigneur

LUI : Fais gaffe. Je pourrais abuser de toi

ELLE : Et je pourrais apprécier

LUI : T'es trop toi. J'adore

ELLE : J'ai aimé ton baiser

LUI : Et moi donc. Tu es si sexy et désirable. Tu peuples mes nuits

ELLE : Et quand tu m'as dit que j'étais "amourable"...;))))))

LUI : Oui tu l'es. Je garde en mémoire notre sourire quand nos corps ont communiqué.. .Wouah, c'était....comme une évidence

ELLE : Oui. Naturel.

LUI : J'ai tellement envie de toi dans mes bras et envie de toi...

23:30

LUI : Fais de magnifiques rêves ma précieuse. Mille baisers tendres et coquins

ELLE : A toi aussi mon désiré. Je rêve tes baisers coquins

LUI : Alors je t'en envoie des quintaux. Si en plus t'es coquine, nous étions vraiment faits pour nous rencontrer.

ELLE : Oui. Coquine et tendre...

LUI : Heureux je suis. Je reçois ma fille le week-end prochain, mais dès qu'elle part mi
casa sera tu casa. (*ma maison sera ta maison*)

ELLE : Ha ha ha :o

LUI : Non, ce n'est pas une parole en l'air !

ELLE : C'est pas pour cela que je ris. On dirait que le mot coquin a ouvert les portes de ta maison.

LUI : C'est moche de dire ça !

ELLE : :) ;) :p

LUI : oui, oui, fais tous les smiley que tu veux...Ça reste moche de se moquer

ELLE : <3

LUI : Je te kiffe grave ma Vi. C'est pour cela que je t'ouvre mes portes.

ELLE : D'ac. Doux baisers à mon alchimiste, qui réussit à faire bouillir mon cœur.

LUI : Re baisers coquins ma sauveuse.

ELLE : Nous allons vers une belle histoire.

LUI : L'histoire d'une fée et d'un crapaud qui n'espérait qu'un baiser de sa princesse

ELLE : Pour que le crapaud redevienne un prince.

LUI : Transforme moi en ce que tu veux. Belle nuit ma belle.

ELLE : Non attends. Une petite histoire avant :" il était une fois un alchimiste qui avait perdu la mémoire. Il était désespéré. Car tout le monde disait qu'il avait le pouvoir de transformer tout ce qu'il voulait en or. Mais il avait oublié la formule. Un jour, il rencontra une fée. Elle sonda son esprit et vit que c'était un homme bon. Elle lui rendit la mémoire. L'alchimiste lui fabriqua le plus beau des colliers en or. Mais la fée le refusa et lui demanda juste une faveur : que son or serve à réaliser tous les rêves des hommes." Douce nuit mon charmant.

LUI : C'est les tiens que je veux réaliser, ma princesse, ma fée, ma précieuse.
Tu seras dans ma nuit et mes rêves.

JOUR 7
10:40

LUI : Bonjour Vous. Dis donc tu es inspirée ce matin vu tes post sur Facebook.

ELLE : Coucou Toi. Oui suis en béton ce matin.
« LES 6 LOGIQUES MAGIQUES » à ma sauce sont aussi pour toi :
1 - J'ai fait la paix avec mon passé. Donc place nette pour le présent
2 - Je me fiche de ce que pensent les autres
3 - Je prends le temps de vivre
4 - Je fais mon bonheur
5 - Je ne compare pas ma vie avec celle des autres
6 – J'arrête de réfléchir autant. Car quand on sait pas, et bah on sait pas.
On ne s'invente pas des réponses et on ne comble pas à tout prix les blancs.
Et sinon ça va toi ?

LUI : Un peu mal aux cheveux,mais sinon ça va super bien. Et en plus il y a du soleil.

ELLE : T'as de la chance. Ici il pleut :(

LUI : Pas eu de news de la prod. J'appellerai Lundi matin.

ELLE : ;) Que vas-tu faire de ton dimanche à la campagne ?

LUI : C'est l'anniversaire de mon filleul. Qu'on a commencé à fêter cette nuit !

ELLE : Je vois, au coin du feu !

LUI : Tout à fait

ELLE : J'aimerais bien me réveiller à tes côtés. T'es comment le matin ?

LUI : Seul

ELLE : C'est triste...

LUI : Ça va arriver Vi....bientôt.

ELLE : ;)

LUI : Et toi, que fais-tu aujourd'hui ?

ELLE : Je vais au cinéma avec mon fils. On va voir "Edge Of Tomorrow" avec Tom Cruise.

LUI : Il paraît qu'il est bien.

ELLE : J'aime bien les films de SF. Un bon moment en perspective.

LUI : Alors passe un bon après-midi

ELLE : tu aussi. Soigne tes cheveux ;

LUI : Moqueuse

ELLE : :p

18:40

LUI : Alors ce film ?

ELLE : Super. Le concept est original. Le mec n'arrête pas de se faire tuer et revient à chaque fois à la vie pour éviter les erreurs du passé. Et de ses décisions dépend le destin des humains.

LUI : Lourde responsabilité.

ELLE : Des responsabilités de héros

LUI : Évidemment. J'ai beaucoup pensé à toi

ELLE : Tu es toujours dans mon esprit

LUI : Cool.

20:00

LUI : ;)

ELLE : :(

LUI : Qu'est-ce qu'il y a ?

ELLE : Il y a que j'en ai marre des sms

LUI : Non ne me dis pas ça ! C'est le seul moyen d'être en communication tous les deux

ELLE : Pffff

LUI : Vi, je vais m'isoler et t'appeler.

ELLE : D'ac.

22 :40

LUI : J'ai adoré entendre ta voix. Elle fait jeune au téléphone.

ELLE : Moi aussi, j'ai aimé t'entendre. J'ai aimé ton rire.

LUI : Tu es belle, de partout

ELLE : Toi aussi

LUI : Je pense à toi tout le temps. Que fais-u ?

ELLE : Suis dans mon lit. Je lis un thriller

LUI : Imagine alors que je me glisse entre toi et ton bouquin et que je pose mes lèvres sur les tiennes

ELLE : J'imagine bien, tes lèvres sont chaudes et douces.

LUI : Ensuite je me blottis contre ton corps

ELLE : Oui je sens ton corps ferme et chaud aussi. J'imagine que tu as la peau douce.

LUI : Comme la tienne ma précieuse.

ELLE : C'est bon

LUI : Alors imagine quand nos corps seront vraiment en contact. Quel bien tu me fais ! Merciiiiiii

ELLE : On se fait du bien

LUI : Et encore on n'est pas au taquet

ELLE : Au taquet ?

LUI : A fond.

ELLE : Oui. La réalité sera-t-elle à la hauteur de nos espérances ?

LUI : Ça ne peut pas être autrement.

ELLE : :)

LUI : Belle nuit ma sauveuse. Qu'elle soit peuplée de nous.

ELLE : Doux baisers. J'ai foi en nous.

LUI : Moi aussi.

JOUR 8 : Fabien est toujours à Nantes, chez ses amis.

ELLE : Bonne matinée mon alchimiste

LUI : Coucou ma précieuse. Belles énergies et force du matin. Des tonnes de baisers.

ELLE : Suis gâtée.

15:33

LUI : Grosse grosse pensée :)

ELLE : J'avoue que j'ai eu peur que tu m'aies sortie de ton esprit

LUI : Pour quelles raisons ?

ELLE : Je ne sais pas. Juste un pressentiment

LUI : Tu vois, t'as tord. Je pense tout le temps à toi. Suis impatient de t'avoir dans mes bras aussi. ;).

ELLE : Comment te sens-tu par rapport à ton ancienne histoire ?

LUI : Qu'est-ce qui se passe Vi ?

ELLE : Désolée, je n'aurai pas dû te poser cette question.

LUI : Ne sois jamais désolée ma sauveuse. Pour être franc, je pense qu'on va se revoir pour que je puisse lui dire les choses...sereinement...mais vraiment sans aucune envie de remettre ça. Tu m'as tant apporté en si peu de temps. Et elle m'a tant pris en si peu.

ELLE : Tu vas la revoir dès ton retour ? Elle habites à Toulouse ?

LUI : Oui, elle habite à Toulouse. Et je ne sais pas quand je la reverrai. Rien ne presse. Je suis bien là.

ELLE : Je préférais que tu la revois dès ton retour

LUI : Pourquoi dis-tu cela ?

ELLE : Pour que cela soit enfin clair dans ta tête, dans ton cœur et entre toi et moi.

LUI : Ça l'est déjà.

ELLE : Tu ne l'attends plus ?

LUI : Non, je te le promets. Tu es là.

ELLE : Je sais qu'on peut dire des choses et faire le contraire. Des hommes m'ont déjà tant fait espérer pour rien. Ils m'ont volé du temps. Je ne veux plus en perdre. Ils m'ont fait souffrir et ma confiance est fragile.

LUI : Je sais Vi. Je le sens. Et je te promets que je serai toujours honnête avec toi, et sincère. Et là je le suis.

ELLE : J'ai du mal à rester dans le temps présent.

LUI : Don't worry, be happy. (*ne t'inquiète pas, sois heureuse*). On est bien là alors arrête avec tes mauvaises projections.

ELLE : Je sais que tu veux être honnête avec moi. Ce n'est pas le problème.

LUI : Il n'y a pas de problème. Tu es ma précieuse. Tu es mon être de lumière et j'ai envie de toi.

ELLE : Tu me chamboules. Ma citadelle s'effondre.

LUI : Et je veux être ton temple, ton antre

ELLE : Je me laisse emporter par l'attraction

LUI : Oui, fais ça.

ELLE : Avec toi ça semble évident même si on est pas ensemble. Il y a comme une complémentarité.

LUI : Oui, deux âmes qui se rencontrent. Mais au-delà de l'âme... tu es magnifique et très désirable et ça ne gâche rien. Le contact de tes lèvres m'a tant enthousiasmé.

ELLE : C'était réciproque.

LUI : Et attends, j'étais soft.

ELLE : J'aime ta douceur. T'es craquant.

LUI : Toi aussi. Imagine quand tu seras dans mes bras.

ELLE : Oui. J'ai des images et des sensations qui arrivent

LUI : Caliente mi querida

ELLE : ;) Coquin

LUI : Tu vois là, je suis dans un hamac, et je l'aurais bien partagé avec toi.

ELLE : Oui... cela aurait été bien. Hâte.

LUI : Partagée.

ELLE : Je ne regrette pas de t'avoir contacté un fameux lundi

LUI : C'était écrit.

ELLE : Oui. Je vais d'ailleurs me remettre à écrire. J'ai eu quelques jours de flottement.

LUI : J'espère que j'en suis pas la cause.

ELLE : Si mais c'est tellement bon. Tu me fais voyager.

LUI : Je vais te laisser écrire. As-tu fini ton poème ?

ELLE : Non...

LUI : M'est-il destiné ?

ELLE : A ton avis ?

LUI: :)

ELLE : Tu m'envahis.

LUI : J'aime ça.

ELLE : Profite bien de la nature sweety ;

LUI : Merci ma beauté.

17:10

LUI : Tu avances bien ?

ELLE : Oui j'avance bien, suis contente. Et toi t'es-tu bien reposé ?

LUI : Pas trop. Trop de choses dans la tête. Toi, toi et toi....l'univers, mes ressources et talents...et toi, toi, toi...

ELLE : Toi, moi, nous...c'est bon....

17:40

LUI : Wouah je viens de câliner un chêne de 300 ans. La force que j'ai ressenti! C'est fou. Et dire que tout ça est en nous aussi

ELLE : Il doit être content. Suis jalouse

LUI : Je serai ton chêne

ELLE : Et moi le roseau

LUI : C'est bon de te sentir

ELLE : Oui ce lien est bon

LUI : :)

ELLE : Que fais-tu ce soir ?

LUI : Soirée pizzas chez les amis de mes amis. Manque plus que toi

ELLE : Oui...j't'enverrai de douces pensées

LUI : J'adore tes douces pensées et nos SMS.

ELLE : Nos téléphones sont devenus précieux

LUI : Tu peux le dire.

ELLE : Tiens, une photo de moi devant mon ordi

LUI : T'es belle. Tu me manques.

ELLE : Pourquoi on ne se skype pas ?

LUI : Quand je serai chez moi on pourra le faire.

ELLE : D'ac

LUI : Tiens je t'envoie aussi ma photo. Dehors, une cigarette à la main.

ELLE : Pourquoi avoir pris que la moitié de ton visage ?

LUI : Comme ça ! Merci d'être entrée dans ma vie

ELLE : You are very welcome my dear

LUI : Et toi aussi.

ELLE : Mille bisous

LUI : Pareil. Partout vraiment, vraiment partout.

ELLE : Le meilleur reste à venir ;)

21 :30

ELLE : Belles pensées vers toi mon éloigné

LUI : A toi aussi ma précieuse.

ELLE : Toujours en train de dîner?

LUI : On finit et on va regarder un film SF : « Pacific Rim ».

ELLE : Alors bon film.:)

LUI : Merci :)

23 :21

LUI : Sweet dreams ma précieuse, fais de doux rêves. Mille baisers, et plus encore.

JOUR 9 :

10:10

LUI : Bonjour ma douceur. Comment fut ta nuit ?

Sourire et beaux sentiments du jour

ELLE : Je me réveille avec ton sms. Je me suis réveillée tôt puis rendormie

LUI : C'est que tu en avais besoin

ELLE : A 6h30 j'étais en super forme puis j'ai commencé à lire un bouquin qui m'a assommée

LUI : C'était quoi ce bouquin ?

ELLE : « Le Monde en 2030 vu par la CIA »...alors t'imagine !

LUI : Ah bah oui j'imagine. Les États-Unis autoproclamés rois du monde ...

ELLE : Les analystes ne sont pas que des américains. En tout cas ils ont peur de la Chine.

LUI : C'est vrai que les chinois sont partout maintenant.

ELLE : Tout y passe, l'économie, l'environnement, la politique, les épidémies...bref on est mal barrés en gros. Famine, vieillissement de la population, pénuries en eau, cyberguerre...notre monde est fatigué...

LUI : Oui. Ça ne donne pas envie de faire des bébés

ELLE : C'est peut être ça le problème...

LUI : Non, car la surpopulation est aussi un problème...

ELLE : Surtout parce qu'on vit plus longtemps.

LUI : Oui. Vive les vieux ! Hi hi

ELLE : Et toi comment se passe ta matinée ?

LUI : Champêtre ! :) après le petit dej, petit travail de bûcheron avec mon pote.
Et cet aprem, lecture de « Héros »

ELLE : Cette Rhonda Byrne ne te quitte plus !

LUI : C'est devenu mon livre de chevet

ELLE : C'est plus spirituel que mes lectures

LUI : Oui et plus personnel aussi. Je débloque mes blocages

ELLE : Tu sais y a d'autres méthodes

LUI : Celle là me convient assez bien

ELLE : D'ac. Aujourd'hui j'ai décidé d'écrire une nouvelle histoire. Tu m'inspires mon alchimiste...

LUI : Cool. Tu m'en vois ravi. Hâte de la lire

ELLE : Je vais m'y mettre alors

LUI : j't'envoie des tonnes de baisers...et te souhaite une bonne inspiration

ELLE : Je sens que cela va m'aider. A plus tard..

LUI : ;)

14 :44

ELLE : Brrrr.... J' n'arrive pas à écrire...Miss you (*manque de toi*)

LUI : Tu me manques aussi

ELLE : Je n'arrive pas à expliquer cette fatigue, cette langueur today.

LUI : :(

ELLE : Pas d'énergie

LUI : J'essaie de t'en envoyer

ELLE : Est-ce que cela marche vraiment, les relations virtuelles...

LUI : Oui quand je pense à toi, je te ressens très fort

ELLE : Hum...Vais aller faire un footing...

LUI : Vi ?

ELLE : Les questions m'assaillent.

LUI : Quelles questions ?

ELLE : Je m'interroge sur nous, sur moi...tu m'as chamboulée. Je me remets à nouveau en question. Tu me dis que je t'aide énormément...et je le vois bien. Je t'ai aidé à soigner tes blessures du cœur. J'attire les âmes blessées et les cœurs meurtris. Et une fois que je les ai relevés, ils partent sans regarder derrière. Et moi je dois à nouveau me reconstruire, car ils emportent avec eux une belle part de mon énergie, de mes espérances...Je ne veux plus de ce schéma. Et j'ai peur que cela soit pareil avec toi. Je ressens des sentiments pour toi, une attraction, et cela me fait peur car tu es loin. J'écoute mon cœur mais mon instinct me dit de faire attention. Je ne peux pas me permettre de nouvelles blessures.

LUI : Vis dans le présent Vi. Vis tes émotions

ELLE : Je ne peux pas m'empêcher de me projeter. Je veux quelqu'un auprès de moi, quelqu'un de réel, de solide, totalement libre dans son cœur. Toi, tu es mon beau rêve...mon impossible rêve.

LUI : Qu'est-ce que tu veux me dire ?

ELLE : Et bien j'essaie de te dire que je préfère être juste une amie...ton amie. Je ne sais pas pourquoi, mais je ressens que c'est mieux comme ça, malgré tout ce que je ressens pour toi.

LUI : Ça me peine ma Vi, mais je ne veux pas passer à côté de toi et puis j'ai l'impression que tu es là pour moi. Soutenons-nous, moi je veux être là pour toi.
Décidément encore un ex qui t'a retournée.

ELLE : Ils m'ont tous usée. Et toi aussi, tu as une ex qui t'a retourné

LUI : Oui

ELLE : On est *presque* à égalité. ;) Car moi ils sont loin dans mon passé

LUI : Je te mentirai si je te disais que je ne pense plus à elle. Mais dès que cela arrive, je la chasse de mon esprit.

ELLE : Je te crois. Mais je sens qu'elle est toujours là, tapie au fond de ton cœur. Pour l'instant tu es loin d'elle, dans un autre environnement et tu viens juste de me rencontrer. Mais quand tu seras à nouveau à Toulouse, dans ton monde, je sens que cela ne sera plus comme maintenant. Notre relation n'est que virtuelle et donc elle ne t'engage à rien. Je veux bien continuer à te soutenir et être ton amie, car je crois bien que c'est la seule vraie place que je peux avoir dans ta vie.

LUI : Je te sens triste, et ce n'est pas mon but de te rendre triste. Nous nous apportons tellement de choses et depuis si peu de temps et naturellement. Hors de question que je te laisse sortir de ma vie. D'une manière ou d'une autre.

LUI : Tu me manques vraiment

LUI : Je pense que nous étions...compatibles. Et oui je ne peux rien te promettre et j'en suis confus

ELLE: Ne le sois pas. Ce n'est pas le moment pour toi, c'est tout. Bonne rencontre mais pas bon timing.

LUI : Si l'univers en a décidé ainsi, c'est qu'il y a une raison

ELLE : Oui il y a une raison à tout, l'avenir nous le dira. Enfin j'espère.
J'essaie toujours de faire au mieux et pas seulement pour moi.

LUI : Oui je sais

ELLE : J'aurais mal géré la distance de toute façon.

LUI : Moi aussi.

ELLE : On se rejoint alors. Encore une fois. Trop semblables peut-être

LUI : Jamais trop.

ELLE : jamais "jamais"

LUI : Oui. Deux âmes sœurs alors ?

ELLE : Qui sait ?

LUI : Nous avons un lien c'est établi. J'imagine même pas ce que nos ébats auraient pu donner. Il ne faut pas, non il ne faut pas.

ELLE : Non. C'est certain, non.

LUI : Ne t'en vas pas avec les forces que tu m'as donné, ma très chère...moi je ne le ferai pas, elles sont à ta disposition.

ELLE : Oui, elles sont en nous.

LUI : Toi, tu es une boule d'énergie, un être de lumière, ma sauveuse et sûrement un Graal.

ELLE : Tout ça ?

LUI : Pour moi oui.

ELLE : En tout cas la sauveuse de beaucoup d'hommes !

LUI : Je ne veux pas être "beaucoup d'hommes". Je ne serai jamais comme les autres et toi non plus.

ELLE : Merci en tout cas pour tes compliments. Mais encore personne ne l'a trouvé le Graal. C'est une quête éternelle et inatteignable. J'ai du mouron à me faire alors

LUI : Non. Chacun a son Graal. Et moi je t'avais trouvée. Tu représentes la femme par excellence pour moi.

ELLE : Alors c'est ça le but. Savoir qu'on peut le trouver et c'est tout?

LUI : C'est un chemin aussi.

ELLE : Oui. Alors on peut me trouver au bout de ce chemin. Mais la route est longue.

LUI : Évidemment il faut juste que tu enlèves ta carapace...et moi je ne suis pas au niveau

ELLE : Non, ne dis pas ça.

LUI : si un peu...quand même

ELLE : Les circonstances. C'est tout. Ou le moment

LUI : Si tu le dis.

ELLE : Je te trouve génial, sincèrement. T'as tout en toi

LUI : Mais pas assez pour toi

ELLE : Arrête. Ne renverse pas les rôles. Car par moment je pense que c'est moi qui ne suis pas assez bien pour toi. Alors je préfère penser que ce sont les circonstances qui sont contre nous.

LUI : J'en suis tellement désolé.

ELLE : Soyons des amis l'un pour l'autre et essayons de ne pas nous faire du mal.

LUI : Jamais je ne te ferai du mal.

ELLE : Je sais. En tout pas volontairement

LUI : Notre échange est tellement beau.

ELLE : Oui. Nous nous respectons.

LUI : Nous nous comprenons

ELLE : J'espère

LUI : Arrête de douter. Je te fais quand même plein de baisers partout. Et je me fous de ta réaction. Ça t'apprendra

ELLE : Méchant

LUI : Ah non, pour le coup, ce n'est pas moi qui endosse ce rôle.

ELLE : Alors tentateur

LUI : Bah oui mais ça ne marche pas.

ELLE : Qu'est-ce que tu en sais ?

LUI : Je lis ton discours

ELLE : Alors je te le redis : méchant.

LUI : Non. Mais sûrement un peu triste

ELLE : Tristesse légère ne sera que passagère.

LUI : Si tu le dis

ELLE : Mais oui. L'expérience me le dit. Moi je m'en suis toujours remise et pourtant elles n'étaient pas légères. J'ai décidé d'être une warrior.(*guerrière*)

LUI : Je sais. C'est pour cela aussi que je t'aime.

ELLE : Oui tu m'aimes comme on aime une amie. Et moi aussi je t'aime mon ami. Je t'ai tout de suite aimé. Ton sourire, ton regard, à notre première rencontre...

LUI : Je sais. Et c'est pour ça que tu me frustres un peu mais comme je suis très respectueux.

ELLE : Moi aussi je suis frustrée car malgré tout je te ressens très présent autour de moi. Essaies-tu encore de m'envoyer des énergies ?

LUI : J'arrête pas ma Vi. Je t'envoie tout ce que j'ai. Et tu me laisses quand même sur le bord de la route...mais tu as sûrement raison.

ELLE : Si tu le reconnais, c'est que tu es d'accord avec moi.
Je veux préserver ce qu'il y a de plus beau de nous : notre rencontre.

LUI : Je suis convaincu que toi et moi cela aurait été très fort, très beau

ELLE : Et pourtant...

LUI : Un jour, tu seras peut-être prête ?

ELLE : Moi je le suis. C'est toi qui ne l'es pas.

LUI : Pffff

ELLE : Regarde en toi

LUI : J'arrête pas. Et c'est toi que j'y vois

ELLE : La vérité, c'est que tu sors à peine d'une rupture, d'un amour fort et fou.Tu ne sais plus si tu veux rester à Toulouse ou pas. Tu te cherches encore, tu ne sais pas ce que tu veux ou peux accomplir dans ta vie.

LUI : Tu es un besoin constant Vi à plein de niveaux.

ELLE : Je suis surtout là maintenant, pour toi dans un moment difficile de ta vie. Mais moi aussi j'ai besoin que quelqu'un soit là pour moi.

LUI : Et je veux être là pour toi.

ELLE : Tu essaies de faire parler mon cœur alors que ma raison essaie de m'éclairer

LUI : C'est lui qui a tous les pouvoirs. Ton cœur, c'est toi.

ELLE : Non, ma raison c'est moi. Elle est moi pour toujours. Alors que le cœur finira par s'éteindre un jour.

LUI : Ta raison c'est ce que ton éducation en a faite.

ELLE : On apprend de ses expériences. Ce sont elles qui nous forgent et nous évitent de faire toujours les mêmes erreurs.

LUI : Elles t'apprennent surtout à avoir peur et à te protéger. Faut faire attention à ne pas finir seul dans une grotte ou un abri atomique.

ELLE : C'est vrai aussi. Mais là tu vois j'ai besoin de mettre volontairement une distance entre toi et moi.

LUI : Ne fais pas ça Vi. Ok ne tombe pas amoureuse mais restons amis si tu veux te protéger...mais cela ne durera pas. Nous ne sommes pas faits pour nous restreindre. Ça va à l'encontre du SECRET. T'as peur ?

ELLE : Oui, peur de souffrir. Peur de l'abandon, du rejet...

LUI : Je sais Vi. Je t'ai percée.

ELLE : Je ne veux pas non plus te perdre. C'est compliqué.

LUI : Moi non plus je ne veux pas te perdre. On forme un vrai binôme je trouve. On peut faire tellement de choses ensemble.

ELLE : Un lien virtuel...

LUI : Pour l'instant. Mais que tu effiloches.

ELLE : Je ne peux rester dans l'incertitude. J'ai besoin d'être entière.

LUI : Comme moi. Mais tu as raison ne vivons pas des choses trop fortes (Ironie aigrie)

ELLE : Facile. :)

LUI : Mais si vrai.
C'est ton arme le sourire. C'est lui qui m'a achevé.

ELLE : Mon sourire c'est mon âme qui acquiesce.

LUI : Et qui dit non à la fin. Tu n'écoutes pas ton cœur

ELLE : Mais c'est lui qui fait souffrir

LUI : Arrête de regarder le coté négatif. Ouvre toi !

ELLE : Mon cœur s'ouvre facilement quand un autre cœur s'ouvre à lui.
C'est instinctif. Avec toi, je ne suis pas sûre car toi même tu ne l'es pas.

LUI : Je te l'ai dis, je ne peux rien te promettre et j'en suis désolé. Mais je sais que tu comptes beaucoup pour moi.

ELLE : Oui je te crois. Ton sourire ne me mentait pas. Il m'a trouvé

LUI : Bel exploit ! Une brèche dans la carapace

ELLE : Oui une belle brèche

LUI : Et au bout du compte je suis écarté...comme tous ceux qui franchissent cette limite d'ailleurs.

ELLE :Où veux-tu en venir ?

LUI : Nulle part ma Vi. Je ressens ce besoin de te protéger contre vents et marées sentimentaux.

ELLE : Alors protège moi !

LUI : C'est ce que je fais en acceptant que tu balaies ce qui aurait pu être une belle histoire sentimentale. Et qui sera une magnifique histoire amicale je n'en doute pas. Je sais être convaincant quand je le veux mais je n'ai jamais forcé quelqu'un. Je me respecte

ELLE : Et je te respecte et bien plus. Depuis ma dernière histoire d'amour, qui remonte très loin dans le temps, tu es le premier à avoir atteint mon cœur. Et cela me perturbe...

LUI : J'aime te perturber. Et j'ai adoré la perturbation que j'ai ressenti quand je t'ai embrassée. Alors imagine si tu m'avais laissé te faire l'amour.

ELLE : Oui justement je l'imagine très bien. Et je n'aurai pas résisté.

LUI : C'est ça qui t'a fait peur, je le sais.

ELLE : Oui.

LUI : Et tu ne résisterai pas car je ne résisterai pas non plus.

ELLE : J'ai eu et j'ai une telle envie de toi. Envie de te sentir encore plus proche

LUI : Envie partagée ma précieuse. Même s'il ne le faut pas. Car nous savons tous les deux que nous sommes compatibles.

ELLE : Je suis embrouillée.

LUI : Je l'ai été, je le suis et le serai toujours avec toi

ELLE : Tu es comme un fruit défendu pour moi.

LUI : Il n'est pas défendu. Saches que si un jour je suis à Paris et que tu m'invites chez toi, nous serons condamnés à connaître l'extase, la communion des deux êtres, de deux corps. C'est tout.

ELLE : Est-ce une promesse ?

LUI : Prends cela comme tu veux.

ELLE : Alors ce n'est pas une promesse. Tu me ravies et m'attristes en même temps. Tu me perturbes et me bouleverses. Tu me mets à l'envers. Je ne sais pas ce que tu veux de moi.

LUI : Je veux que tu vives ! Que tu prennes la vie comme elle vient. Sans penser aux lendemains.

ELLE : Je sens que je n'ai plus la force pour cela.

LUI : Tu me peines Vi. Tiens, j'ai une bonne nouvelle pour toi. Ma prod est ok pour lire ton projet. Elle est très intéressée.

ELLE : Ok.

LUI : Juste OK !

ELLE : Bah oui et alors ?

LUI : Et alors ? Mais imagine que ton projet lui plaise et qu'elle te l'achète !

ELLE : Tu sais je ne m'enthousiasme plus. Trop de désillusions. Attendons de voir...

LUI : Cache ta joie ! Moi je nous voyais sur la plage, toi et moi...moi te passant du monoï sur ta peau...

ELLE : Hum

LUI : Bah oui

ELLE : Monstre

LUI : Encore un adjectif que nous partageons.

ELLE : Tu ne perds rien pour attendre.

LUI : Développe ? Même pas peur

ELLE : Imagine...

LUI : Non, c'est pire. Tu n'imagines pas comme mon imagination est fertile.

ELLE : Et la mienne. Elle ne connaît aucun repos

LUI : Pareil ! Et d'autant plus que tu la titilles. Je crois en toi ma Vi, je sais que tu vas réussir tout ce que tu entreprends. Je suis fier de te compter parmi mes amis.

ELLE : De me compter parmi tes amis...

LUI : Bien sûr.

ELLE : Ok.

LUI : Et plus encore <3

ELLE : Tu me rends folle j't'jure. :p

LUI : Il faut que tu verbalises

ELLE : re :p

LUI : C'est bien ce que je dis !

ELLE : Thank you for all my dearest

LUI : You are welcome my Graal

ELLE : Brrrr...Tu m'énerves.

19:14

LUI: My dream ?

ELLE : Oui ?
Comment vas-tu ?

LUI : Bien. Je lisais « HEROS ». Il faut vraiment que tu le lises. Tu comprendras pourquoi je te disais que j'avais besoin que tu verbalises. Mais ça non plus je ne peux pas te forcer.

ELLE : Forcer ? J'avais déjà eu l'intention de le lire avant que tu ne m'en parles. D'ailleurs pour moi l'intention est primordiale. Quoiqu'il se produise si l'intention est vraiment là, rien ne peut l' empêcher de se concrétiser. Tout part aussi de l'imagination. On créée une image et puis on la matérialise. Ça aussi c'est dans le « SECRET ». C'est l'esprit qui façonne la matière.

LUI : Tout à fait d'accord.

ELLE : Avant le verbe, il y a la pensée, avant la pensée, il y a l'intention : la cause première.
Mais pourrions-nous nous passer du verbe ?

LUI : Pour se comprendre ce serait difficile sans le verbe.

ELLE : Qu'est-ce qui nous relie toi et moi, le verbe ou l'intention ?

LUI : Les deux

ELLE : Ou l'un ou l'autre. Le verbe peut mentir, être différent de l'intention. Et c'est là qu'entre la confiance. On décide que le verbe matérialise une intention.
On est beaucoup dans le verbe toi et moi, tu ne trouves pas ?

LUI : Oui c'est lui qui nous relie mais pas que !

ELLE : « Tout ce que l'esprit de l'homme peut concevoir et croire il peut l'accomplir » p82 de « HEROS ». Tu vois j'ai commencé à le lire.

LUI : Nous sommes connectés cher Graal. Alors pourquoi me congédies-tu ?

ELLE : Parce que tu m'appelles cher Graal.

23:54

ELLE : Tu dors ?

LUI : Non, je regarde « Albator », toute notre jeunesse.

ELLE : Oui. J'ai aimé ce personnage.

LUI : Le film est trop bien fait.

ELLE : Moi je préfère la série. Je voulais te souhaiter une bonne nuit.
Bisous.

LUI : Fais de beaux rêves mon Graal !

ELLE : Pfff :p

JOUR 10 : Fabien quitte Nantes

9:11

ELLE : « Te saluer comme on lance un bouquet de lauriers l'été sur les dalles fraîches, prononcer ton nom comme on allume un feu dans une rue déserte, te toucher comme on touche le pain quand lui seul fait vivre » Claude De Burine
Je te souhaite un très bon réveil my dear.

10:55

LUI : Wouah. Merci, merci pour ce réveil. Ma journée ne peut être que belle quand elle commence par ces mots. Je te souhaite une magnifique journée avec plein de soleil. :) :) :)

ELLE : De rien.

14:47

ELLE : Tes SMS me manquent

LUI : Si ce n'est que mes SMS et pas moi alors ça va !

ELLE : Tu boudes ?

LUI : Non. J'ai été très occupé ma précieuse;)

ELLE : Tu me manques

LUI : :)

ELLE : Verbalise ;)

LUI : Chacun son tour ! Oui tu me manques. Je vais prendre la route là. Je rentre à Toulouse.

ELLE : Tu vas t'éloigner encore plus de moi.

LUI : Je sais. :(

16:30

LUI : Petite pause. Grosse pensée pour toi.

ELLE : T'es tout le temps dans les miennes.

LUI : Cool. C'est la même chose pour moi...Toujours en moi.

ELLE : Bon retour chez toi.

LUI : ;)

21:00

LUI : Enfin arrivé !

ELLE : Et ça va ?

LUI : Oui bien. Et toi ?

ELLE : Un peu triste mais ça va.

LUI : Tu es loin mais en moi, donc ça fait passer l'éloignement.

ELLE : Oui. Toujours connectés alors ?

LUI : Oui. Mi casa es tu casa.

ELLE : Mi casa es tu casa tambien.

LUI : Noté ;) Je suis naze. Je pense que je ne vais pas faire long feu.

ELLE : Je comprends. Plein de bisous

LUI : Oui plein

JOUR 11 : Fabien reprend sa vie à Toulouse.

8:25

ELLE : Bonjour mon voyageur. Bien reposé ?

9:12

LUI : Coucou ma précieuse. Je me suis effondré de fatigue hier soir...des tonnes de tendres baisers.

10:06

LUI : Alors ta nouvelle histoire elle en est où ?

ELLE : Au milieu. J'avance...

LUI : Impatient de la lire

ELLE : J'espère que tu l'aimeras

LUI : J'ai le temps de rien. Suis sur un chantier. Bisous

10:45

LUI : Pause cigarette. Je pense beaucoup à toi.

ELLE : Moi aussi.

14 :30

LUI : Grosse grosse pensée

ELLE : :)

LUI : T'avances bien ?

ELLE : Oui le stylo court sur les pages. Je ressens tellement de plaisir à écrire. C'est tout un monde qui se crée sous mes doigts.

LUI : J'aimerais tant voir ce plaisir que tu prends.

ELLE : Quand j'écris suis à fond, mais je peux aussi te répondre en même temps.

LUI : T'es trop forte mais je le savais déjà.

ELLE : Oui il y a une partie de moi qui écrit et l'autre qui pense à toi. Si t'étais vraiment là, je crois que je ne pourrais pas faire ces deux choses en même temps

LUI : Si. Je te donnerais ma force

ELLE : Oui. Tes belles vibrations.

LUI : Et les tiennes. Merci Sugar, merci Univers

ELLE : Merci à toi. Faut pas t'oublier

LUI : Non, je ne m'oublie pas. Fini ce temps là.

ELLE : Bravo, tu es un warrior.

LUI : Comme toi. Dans l'équipe gagnante.

ELLE : Où chaque joueur donne le meilleur de lui-même

LUI : C'est ça ma sauveuse.

ELLE : « Soyez le maître de votre vie, elle sera ce que vous en faites »

LUI : La messe est dite

ELLE : Amen

LUI : Jésus crie et la caravane passe.

ELLE : Inch'Allah. La caravane passe et les chiens aboient.

LUI : Je peux faire un peu d'ironie sugar ?

ELLE : Bien sur. Suis pas pratiquante, sauf pour la loi de l'attraction.

LUI : Quel dommage que tu ne sois ni jeune ni riche !

ELLE : Gloups, c'est ça ton ironie ! Et toi dommage que tu n'aies ni voiture de sport ni château...:p

LUI : Haha. On fait ce qu'on peut.

ELLE : Bah voyons !

LUI : Je les ai mais je les cache encore. Je les ai commandés à l'Univers. Vénale va !

ELLE : C'est l'hôpital qui se moque de la charité !

LUI : La messe est redite

ELLE : Il semblerait, plutôt deux fois qu'une. Quoique un petit château ça me plairait bien. Avec des chevaux, une grande piscine...un garage avec une belle voiture de sport...un cuisinier et un jardinier. Pour combler mes lacunes. Et le prince qui va avec. Donc si tu as une ligne directe avec le père Noël transmets lui si tu veux bien ma petite liste.

LUI : L'important dans ce château ce sera toi, et ça je l'ai déjà demandé à l'univers.

ELLE : J'ai du mal à te suivre parfois. Mais je partagerai volontiers mon château avec toi. Tu pourras y peindre toutes les toiles que tu voudras.

LUI : Merci ma précieuse. Tu es irremplaçable.

ELLE : I hope. (*j'espère*)

LUI : Tu peux. N'espère pas juste crois.

ELLE : :)
Je vais faire une pause et aller dans le parc faire bronzette.

LUI : Profite bien du soleil. Il te va si bien chère toi.

ELLE : Merci flatteur.

LUI : Et tellement vrai. Et je t'ai déjà dit que je n'étais pas un flatteur. Je dis ce que je pense quand je le pense.

ELLE : Oui mais...

LUI : Moi aussi je t'aime bien

ELLE : Donc on est deux.

LUI : Encore.

19:00

ELLE : Ça y est tu m'as mise de côté ! Tiens je t'envoie une photo d'une sculpture éphémère du Taj Maal, faite sur une plage ensoleillée.

LUI : Mais t'es où ?

ELLE : Je suis partout où l'on me veut.:p

LUI : Brrrr, toi ! Et la plage ?

ELLE : A Cannes.

LUI : J'ai vu la même à Arcachon, mais avec des couleurs en plus. :p

ELLE : Oui mais la mienne est dans mon téléphone !

LUI : Au fait je vais régler le dossier ex ce soir. Et je n'ai aucune hésitation, alors ne t'inquiète pas pour moi stp.

ELLE : Fière de toi. Car pas facile quand même.

LUI : Ouais, c'est comme tu dis.

ELLE : N'oublie pas qui tu es. Le peut-être n'est pas bon. Dans aucun domaine. Il te ralentit et t'empêche d'être heureux. Et attendre n'aboutit pas forcément.

LUI : C'est ça. Je m'en rends tellement compte.

ELLE : Pense avant tout à toi.

LUI : C'est prévu. Mais on restera en contact, car on partage des valeurs malgré tout.

ELLE : C'est toi qui vois. En tout cas contente de t'avoir aidé dans cette passe difficile.

LUI : Tu fais bien plus et tu le sais. Tu représentes beaucoup plus et ça aussi tu le sais

ELLE : Non justement, je ne le sais pas vraiment. Suis un peu embrouillée tu vois

LUI : Désolé si c'est de mon fait

ELLE : C'est pas grave. Au fait, je pars la semaine prochaine dans le sud.

LUI : Non, dis-moi ? Je peux te téléphoner demain. Là je dois y aller

LUI : Mon cœur

ELLE : Oui.

LUI : Oui tu as un petit bout de mon cœur.

ELLE : Un petit bout...mais c'est tout ton cœur que j'aurai voulu

LUI : Je sais Vi. :(

ELLE : En tout cas, tu m'auras montré que je pouvais surmonter mes craintes, m'ouvrir et recevoir. Même un peu. Merci pour ça.

LUI : J'aime pas cette phrase. Elle sonne comme un adieu. Et c'est hors de question, d'accord ?

ELLE : Non, ce n'est pas un adieu.

LUI : Ouf je préfère.

ELLE : Ni un au revoir d'ailleurs

LUI : Tu m'en vois ravi. Tu es irremplaçable.

ELLE : Non, justement.

LUI : T'es chiante. Pourquoi refuser tout ce que je dis, tout ce que je pense ?

ELLE : Sais très bien faire l'huître quand on m'y pousse.

LUI : Fais pas ça avec moi stp

ELLE : Désolée. C'est mon instinct de protection

LUI : Pourquoi avec moi ?

ELLE : Justement avec toi.

JOUR 12 :

8:56

LUI : Coucou ma petite huître. Toutes mes "good vibs" du jour et belles pensées. Gros baisers.

9:21

ELLE : Bien le bonjour de la petite huître qui prend l'air.

LUI : Alors bien dormi ?

ELLE : Me suis couchée à 4h00. J'ai écris et presque fini mon histoire.

LUI : Bravo. Très fier que tu sois dans ma vie.

ELLE : Ce livre je l'ai écrit grâce à toi et à tes bonnes vibrations

LUI : Suis impressionné. Grâce à nous alors. Ce fameux putain de binôme.

ELLE : Oui, et les forces conjuguées tirées du SECRET.

LUI: :)

ELLE : Hier soir, je ne t'ai plus senti auprès de moi. Mais ce matin tu es revenu.

LUI : Ça me va alors.

ELLE : Quand je me suis réveillée, je croyais qu'on était jeudi.

J'ai l'impression d'avoir zappé une journée.

LUI : C'est ça la création.

ELLE : Oui je ne vois pas le temps passé.

LUI : Remarque moi non plus. Tout va plus vite avec toi en moi.

ELLE : Oui c'est pareil pour moi.

LUI : Alors comme ça tu pars dans le sud finalement ?

ELLE : Oui mais pas à Nice. En fait je vais passer l'été chez mes parents. Je continuerai à écrire là-bas. J'en ai marre de Paris.

LUI : Tu as raison. Cela te fera le plus grand bien. Et ton fils va venir te rejoindre ?

ELLE : Oui je l'espère.

LUI : Tout est pour le mieux.

ELLE : Oui si tu le dis.

11:30

LUI : Pensée...juste pour te distraire de ton écriture.

ELLE : J'écris pas là. Je sors juste de mon cours de gym. Avec 5 heures de sommeil. Énergie, énergie...Et maintenant métro...brrr

LUI : Bientôt la mer ?

ELLE : Oui.

14:50

ELLE : Ça va ?

LUI : Je me repose un peu et toi ?

ELLE : Moi aussi.

LUI : Tiens, tiens, encore un partage.

ELLE : Tu as fini ton chantier ?

LUI : Oui. J'y retourne mercredi prochain. Ce week-end je retrouve Solène pour 4 jours.

ELLE : Solène ?

LUI : Ma fille.

ELLE : Oh super. Tu dois être content !

LUI : Aux anges tu veux dire.

ELLE : Elle a un joli prénom.

LUI : Merci. Et il lui va bien. C'est un vrai soleil.

ELLE : Tant mieux pour vous.

17:32

ELLE : Il faut que je t'ouvre mon cœur. Cette relation n'est plus possible pour moi. Tes sms sont trop ambigus. Ton intention est ambiguë. Je pense sans arrêt à toi et cela ne mène nulle part.

LUI : Désolé, je ne gère pas tout. Ni mes mots, ni mes pensées.

ELLE : Ne sois pas désolée. J'aurais dû être plus attentive.

LUI : Arrête de porter tout sur ton dos.

ELLE : Non vraiment.

LUI : Être plus attentive à quoi Virginie ? Tout va bien. Une magnifique rencontre.Non ?

ELLE : Oui, une de celles que j'attendais. Mais qui ne se déroule pas comme je l'espérais.

LUI : A nous de faire d'une déception une jolie chose.

ELLE : Je suis tombée dans le panneau.

LUI : Mais non, je ne suis pas un panneau voyons ;)

ELLE : Si un panneau qui signale sens unique. Enfin, même si j'en subis les conséquences, je suis très heureuse de t'avoir rencontré. Il me faudra un peu de temps pour calmer mes sentiments. Heureusement que tu habites loin.

LUI : Quelle douche !

ELLE : Ce n'est pas correct d'avoir été ambigu avec moi.

LUI : Comment ça ?

ELLE : Tu m'as séduite sans penser aux conséquences.

LUI : J'ai été séduit en premier et bien sûr j'ai voulu te plaire et je ne trouve pas que cela n'est pas correct.

ELLE : Pourquoi as-tu voulu me séduire alors que tu souffrais encore de ta rupture avec ton ex ? Pourquoi as-tu voulu me plaire ? Pour te rassurer que tu plaisais encore ?

LUI : Je viens de te le dire : parce que tu m'avais séduit avant !

ELLE : Alors c'est moi qui t'aie séduit ?

LUI : Oui

ELLE : Je ne comprends pas. Où voulais-tu en venir avec moi ?

LUI : Vi je ne sais pas. Je vis le moment présent, pas de plan. Accepte mon désolé, il est vraiment sincère. Je ne comprends pas tout en moi tu le sais et tu sais aussi que je travaille beaucoup sur moi même.

ELLE : Tu devrais aussi travailler sur les autres. Je suis entière et tu le sais. J'ai besoin que les choses soient claires. Mais peut-être l'ont-elles toujours été pour toi ?

LUI : Je dois me retrouver seul. J'en ai besoin. C'est encore trop tôt pour moi.

ELLE : Tu aurais dû prendre cela en considération dès le début de notre "relation" qui en vrai n'en est pas une.

LUI : Ne m'en veux pas.

ELLE : Non, c'est à moi que j'en veux. Et au moins c'est clair. Ce que je ressens pour toi ce n'est pas de l'amitié. Alors on va en rester là. En tout cas tu m'as fait rêver et ressentir des émotions que j'avais enfouies tout au fond de mon cœur. C'était bien. Mon alchimiste qui a oublié la formule.

LUI : On est deux. Ne me prive pas de ce lien privilégié.

ELLE : Ouh ça fait mal quand même.

LUI : Nous avons plein de choses à nous apporter

ELLE : Oui mais la seule chose que je veux, tu n'es pas prêt à me la donner.

LUI : Je ne veux pas te perdre. Pas d'éloignement qui tienne.

ELLE : C'est égoïste. Là tu ne penses qu'à toi.

LUI : La totale...belle journée dis donc !

ELLE : Que veux-tu de moi ?

LUI : Je veux partager de belles choses avec toi. Je suis là pour toi même si je suis loin. Je veux que nous échangions encore.

ELLE : Et mes sentiments pour toi ne te gênent pas.

LUI : Que tu me traites d'égoïste, cela me gêne. Et si tu gères mal tes sentiments ça m'embête pour toi. Mais ça ne peut pas me gêner, ce sont de beaux sentiments.

ELLE : Oui ce sont de beaux sentiments et tu m'as fait croire qu'ils étaient partagés.

LUI : C'est plus compliqué que ça malheureusement.

ELLE : Non, l'amour ce n'est pas compliqué quand il est partagé. Il peut bouger des montagnes, franchir des océans, mélanger toutes les cultures...l'amour est grand et sans limites. Tu vois ce n'est pas moi qui aie peur de l'amour, c'est lui qui a peur de moi. Nos demandes n'ont pas dû être les mêmes. Et c'est bien dommage.

LUI : Pardonne-moi.

ELLE : Il n'y a rien à pardonner. C'est comme ça. Et là je vais te dire au revoir, car je n'arrive pas encore à te dire adieu.

Virginie et Fabien sont restés en contact tout l'été, en s'envoyant des sms.
Fabien a passé ses vacances avec sa fille à la frontière espagnole. Virginie a passé l'été dans le sud de la France dans la propriété familiale, avec son fils. Elle a continué à écrire.
Fabien est passé à Paris en Septembre.
Il a revu Virginie dans un parc. Ils ont passé l'après-midi ensemble. Puis Virginie l'a invité à dîner. Il ne s'est rien passé. Ils n'ont pas pu aller l'un vers l'autre, le fil était coupé.
Ils ne se sont plus revus ni contactés.

Écrit par Natyca WOOD, en Novembre 2014.
Citations tirées des livres « LE SECRET » et « HEROS » de Rhonda BYRNE, Ed. Trédaniel.
Poème de Claude De BURINE, tiré du recueil « LE PASSAGER », Ed. La Bartavelle.
Photo de la couverture : Charly SHEARS

« Il n'y a pas d'amour au hasard, ou qui arrive trop tard...

Il n'y a pas d'amour sans patience, d'histoire sans y croire, d'amour sans le vouloir...

Tant de gens se cherchent, se désirent, se suivent et se perdent... »

Extrait de la chanson : « Donne-moi le temps » de Lionel Florence

22855619R00055

Printed in Great Britain
by Amazon